BRUTE ALPHA

RENEE ROSE

Traduction par
AGATHE M.
Édité par
ELLE DEBEAUVAIS

TABLE DES MATIÈRES

LIVRE GRATUIT DE RENEE ROSE

Abonnez-vous à la newsletter de Renee

Abonnez-vous à la newsletter de Renee pour recevoir livre gratuit, des scènes bonus gratuites et pour être averti·e de ses nouvelles parutions !

CHAPITRE UN

Bailey

Si je ne conduis plus, c'est pour une bonne raison. Une très bonne raison.

Mais dans ces moments là, je regrette d'être du genre à hyperventiler chaque fois que je monte derrière le volant. Ne pas conduire m'oblige à aller au lycée de Wolf Ridge au lieu de celui de Cave Hills.

Cave Hills, le meilleur lycée quand on veut entrer dans une grande université.

Cave Hills, l'école qui devrait être la mienne. L'école que je mérite.

Une école qui se trouve à plus de vingt kilomètres.

Sans voiture, ça pourrait tout aussi bien être cent kilomètres.

Et là, tout de suite, cette absence de véhicule signifie que je suis foutue.

Parce que le bus scolaire vient de passer devant chez moi.

J'entends ses pneus crisser dans ma rue. *Dix minutes en*

avance ! Je ramasse mon sac sur le canapé et fonce vers la porte sans m'être brossé les dents ou avoir lacé mes chaussures, mais il est déjà trop tard.

— Attendez ! m'écrié-je en agitant les bras et en courant après le bus. Une seconde !

Je le suis sur la moitié de la rue, trébuchant dans mes baskets trop lâches.

Le conducteur m'a *forcément* vue, même s'il ne pouvait pas m'entendre. En tout cas, les élèves m'ont vue. Ils me regardent par la vitre. Ils ne rigolent pas. Ne me montrent pas du doigt.

Je suis comme un poisson dans un bocal. Une créature vaguement intéressante, mais qui ne leur inspirera pas trop de chagrin quand ils me jetteront dans les toilettes et tireront la chasse dans une semaine. Bande de racistes. En Arizona, on aurait pu croire qu'être Latina ne me vaudrait pas d'être discriminée.

Eh, merde.

Je me penche pour faire mes lacets. Mon sac glisse le long de mon dos et me heurte l'arrière du crâne. Je soupire et me redresse.

À côté de chez moi, Cole et Casey Muchmore, les frère et sœur dynamiques, montent dans le pick-up Ford des années cinquante de Cole. S'ils ont vu mon sprint matinal, ils n'en laissent rien paraître.

Leur père, par contre, est à la fenêtre, une bière à la main, et ne cherche même pas à cacher qu'il m'observe. Il est constamment à la fenêtre, sauf quand il crie sur ses gamins, assez fort pour que tout le quartier l'entende.

Mais là, j'aurais juré qu'il souriait. Comme si me regarder courir après le bus l'avait bien fait marrer. Quel con. Tel père, tel fils, j'imagine.

Cole est aussi cool que son pick-up, et encore plus beau.

Et il en est conscient. Il s'en délecte. Au lycée de Wolf Ridge, c'est lui le chef, et personne ne semble lui tenir rigueur du fait qu'il vit dans les quartiers pauvres. Ni du fait que son jean soit plein d'huile de moteur parce qu'il passe son temps à réparer des voitures.

Non, Cole Muchmore n'a pas besoin de vêtements chics, de voiture hors de prix ou de quoi que ce soit de cher. Il a quelque chose de bien plus précieux : le statut offert par son rôle de quarterback révéré par tous. Et dans notre lycée, ça fait de lui un demi-dieu.

Je jette un regard à ma dernière occasion d'arriver à l'heure en cours et me demande s'il y a une chance qu'il accepte de m'emmener.

Contrairement aux autres élèves du lycée de Wolf Ridge, les Muchmore ne font pas semblant de ne pas me voir. Ils me jettent des regards noirs. Des regards haineux, même. Je les ai rencontrés le jour de mon emménagement. Je suis allée me présenter, car ils étaient sortis de chez eux pour me dévisager.

Ils m'ont à peine répondu et m'ont regardée comme si j'avais deux têtes. Taylor Swift et Kanye West ont sans doute eu des échanges plus cordiaux que mon interaction avec les Muchmore ce jour-là.

Mais j'ai besoin qu'on me dépose au lycée. Même si je me mets en route à pied dès maintenant, j'arriverai en retard pour mon contrôle d'espagnol, et je ne peux pas appeler ma mère. Si elle est obligée de quitter le travail pour me conduire, elle me fera sans doute un sermon sur le fait qu'il faut que je me remette à conduire.

En plus, son boulot est très prenant.

Je ravale ma phobie sociale et trottine sur le trottoir pour faire signe à Cole. Il ralentit, mais ne s'arrête pas. Sa sœur Casey, une élève de seconde avec une expression patibulaire, baisse sa vitre.

Cole se penche en travers de sa sœur. Ses cheveux noirs sont ébouriffés, ses lèvres pleines tordues par un rictus moqueur.

— Qu'est-ce qu'il y a, Pink, t'as raté le bus ?

Pink.

Il fait référence à la mèche rose pâle qui tranche avec mes cheveux noirs, bien sûr. Ce surnom et la réaction physique malheureuse que me cause la proximité de Cole Muchmore me laissent bouche bée un instant. *Le lycée.* J'ai besoin que l'on m'emmène au lycée.

Je me mets sur la pointe des pieds pour regarder dans le pick-up et croiser le regard de Cole.

— Oui, tu pourrais m'emmener ?

Je me maudis intérieurement d'avoir pris une petite voix toute timide.

Il hausse les épaules et, feignant le regret, il répond :

— Désolé, Pink, je proposerais bien, mais il n'y a pas de place.

N'importe quoi. Il y a largement assez de place entre sa sœur et lui, il est juste désagréable. J'entends son rire grave alors que sa sœur remonte la vitre.

Je rougis alors qu'ils s'éloignent, et une boule se forme dans ma gorge. Mes yeux me brûlent.

Ne pleure pas. Pas pour ça.

Garde tes larmes pour les choses importantes.

Comme Catrina. Comme les amis que j'ai laissés dans mon ancien lycée.

Mais mes encouragements intérieurs ne fonctionnent pas. Des larmes brûlantes me coulent sur les joues alors que je me mets à courir en direction de l'école.

Je déteste Wolf Ridge. De toutes mes forces.

J'arrive à la première intersection importante et regarde

l'heure sur mon téléphone pendant que j'attends que le feu passe au vert.

Mince. Je vais sans doute être en retard.

— Salut !

Une vieille Subaru se gare sur le trottoir, et la porte de derrière s'ouvre.

— Tu as raté le bus, toi aussi ? me demande une petite blonde chétive avec des cheveux dressés dans toutes les directions.

Je l'ai déjà vue dans le bus et au lycée. Elle n'est pas dans la même classe que moi, donc nous n'avons aucun cours ensemble, mais je la reconnais.

— Oui, réponds-je.

Je me tends, prête à recevoir une nouvelle humiliation.

— Monte. Ma mère va nous déposer.

Sa mère me fait signe de m'asseoir d'un air impatient. Elle a les cheveux filasses et la peau prématurément ridée d'une personne qui fume et qui boit trop. La voiture pue le tabac froid.

Le soulagement et la gratitude me submergent tout de même alors que je me glisse sur la banquette arrière.

— Merci. J'avais peur d'arriver en retard.

— J'ai déjà appelé l'école pour me plaindre de ce satané conducteur de bus, râla la conductrice. C'est n'importe quoi. Il ne peut pas se pointer à l'heure qu'il veut. Il est censé respecter l'horaire.

J'acquiesce avec un murmure.

— Moi, c'est Rayne, se présente la jeune fille en se tournant dans son siège pour me dévisager.

Ses yeux bleus sont énormes sur son petit visage en forme de cœur, et elle a un piercing dans le nez.

Je décide immédiatement que je l'aime bien.

— Bailey.

— Je sais, dit-elle.

Cela renforce mon impression de ne pas vraiment être invisible au lycée de Wolf Ridge. On me met volontairement à l'écart.

Mon estomac se serre.

— Merci de vous être arrêtées. Cole Muchmore a carrément refusé de me déposer.

Je ne sais pas pourquoi je lui raconte ça. Je ne suis pas du genre à me plaindre, et j'ai tendance à garder les choses pour moi, mais là, j'ai vraiment besoin de parler à quelqu'un.

Rayne lève les yeux au ciel.

— Cole est un alpha-bruti, comme tous les footballeurs.

J'éclate de rire.

— C'est bien vu, dis-je.

Alpha-bruti. C'est une parfaite description.

Eh bien, il peut aller se faire foutre. Je ne vais pas pleurer à cause de son manque de politesse.

Les types comme lui m'indiffèrent.

Nous arrivons au lycée à temps, et je sors de la Subaru. Les élèves qui descendent à l'arrêt de bus me dévisagent.

— Quoi ? demandé-je à voix haute.

Franchement, ils me regardent comme si j'étais une extra-terrestre.

Rayne leur fait un doigt d'honneur et me prend par le coude.

— Fais pas attention à eux. Ils obéissent à l'alpha-bruti comme si c'était leur chef.

— Attends... que leur a-t-il dit ?

Rayne détourne les yeux, et ses joues pâles rougissent.

— Rien. Ne t'en fais pas pour ça. C'est aussi notre lycée ici.

Hein ?

Je ne comprends pas ce qu'elle veut dire par là. Je n'insiste pas. Je n'ai pas envie de me mettre à dos la seule personne qui se montre gentille envers moi.

— Merci de m'avoir déposée. Et de me parler. J'avais l'impression de perdre la boule, ici. Je commençais à croire que tous les gamins étaient des androïdes, comme dans ce film que m'a montré ma mère, dans lequel les hommes tuent leurs femmes pour les remplacer par des robots.

Rayne m'adresse un grand sourire. Elle lève la paume comme pour prêter serment.

— Pas un robot, dit-elle en montrant les élèves qui entrent dans l'établissement en nous dévisageant. Eux, par contre, j'en suis moins sûre.

~

Cole

Je me glisse dans ma chaise en cours de journalisme quelques secondes après la sonnerie. Évidemment, l'humaine – ma connasse de voisine – est déjà installée dans le siège voisin et discute avec le prof comme une lèche-cul. Je sens son odeur, un mélange de miel et de cannelle, et mes bourses se contractent.

— Alerte intello, marmonné-je alors que M. Brumgard s'éloigne d'elle.

Il paraît qu'elle suit des cours d'anglais avancés par internet et qu'elle suit ce cours-là en option. Deux doses d'anglais pour le prix d'une. Quelle malade.

Elle joue avec son stylo – je l'ai sans doute perturbée –, et il s'écrase au sol. Mon pote Austin se penche pour le ramasser, puis il voit mon regard noir et réalise à qui appartient le stylo. Il se redresse immédiatement sans ramasser l'objet.

Bien. Le roi du lycée Wolf Ridge est toujours au pouvoir. Personne ne parlera à Bailey ni ne l'aidera tant que je n'aurai pas levé l'interdiction. Je m'attends à ce qu'elle change d'école dans moins d'un mois.

Elle se penche dans l'allée pour ramasser son stylo, mais je donne un coup de pied dedans. Elle perd l'équilibre et manque de tomber de sa chaise, une main posée sur le sol. J'aperçois un morceau de cuisse nue quand sa mini robe se soulève, et un grondement me monte dans la gorge.

Qu'est-ce qui ne va pas, chez moi ? Les filles de son espèce ne m'intéressent pas.

Miss Parfaite, avec sa petite robe et ses grosses baskets. Je jette un regard mauvais dans sa direction, priant pour que mon attirance pour elle s'envole. Malheureusement, la façon dont ses seins étirent l'avant de sa robe à pois me fait bander. Ce qui me pousse à la détester encore plus.

Même sans le conflit entre nos parents, j'estimerais qu'elle n'a pas sa place ici. Elle est trop intelligente. Trop du genre intello sexy. Elle a trop d'assurance pour quelqu'un que tout le monde ignore jour après jour au lycée.

Et le fait que son cerveau et son caractère soient emballés dans ce joli paquet ne fait qu'empirer les choses.

M. Brumgard termine l'appel, puis il annonce :

— Interro surprise sur ce que je vous ai demandé de lire hier !

Tout le monde râle. Tout le monde, sauf Bailey, qui est visiblement impatiente de prouver qu'elle a fait ses devoirs. Brumgard se lève et commence à poser des feuilles retournées sur chaque table.

Je lève les yeux au ciel, irrité, et me colle à mon dossier. Putain, ça craint. Je n'aurai jamais la moyenne, et le premier match de l'année à lieu vendredi. Ce qui signifie que je serai laissé sur le banc de touche. Ce qui signifie que le coach Jamison et toute l'équipe vont me tuer.

Mes coéquipiers se tournent vers moi avec un regard interrogatif plein d'inquiétude. Je secoue la tête, et un soupir parcourt la salle. Toute la classe suit, pas seulement les membres de mon équipe.

Le sport tient une place très importante au lycée Wolf Ridge. Bien plus que les cours.

En présence d'humains, nous mettons nos capacités physiques en sourdine, mais tous les étudiants veulent nous voir gagner. Et j'assure toujours le show contre l'équipe adverse, promenant mon attitude arrogante sur le terrain.

— Vous avez sept minutes pour compléter ce quiz, dit Brumgard en jetant un œil à son téléphone. Vous pouvez commencer.

Le bruissement du papier emplit la salle alors que tout le monde retourne sa feuille. Je prends un stylo et regarde les questions. Je ne comprends même pas ce que je lis.

Mon esprit passe en revue les conséquences possibles de cette situation. Toutes aboutissent à ma suspension du match pour ne pas avoir eu la moyenne et à la colère de toute l'école.

Mais tout ça, ce n'est rien comparé à ce que je subirai à la maison quand mon père l'apprendra.

Ce qui est ironique, car si je n'ai pas pu faire mes devoirs, c'est parce que j'ai travaillé tard au garage de l'oncle de Bo pour payer les courses, parce que mon père est trop bourré et déprimé pour lever son cul et chercher du boulot.

Je jette un regard à Bailey. La fille que je ne peux pas saquer.

Elle a déjà rempli les trois quarts de l'interro. Et surtout, elle n'a pas encore pris le temps d'écrire son nom en haut de la feuille.

Dans l'une de mes initiatives les plus détestables, j'attrape sa feuille pendant que le prof a le dos tourné, et je glisse la mienne sur son bureau.

Elle rougit et reste bouche bée, mais avant qu'elle puisse protester, tout le monde se tourne vers elle et lui jette un regard noir, notre meute unie.

Elle a beau être humaine, son métabolisme est assez similaire au nôtre pour qu'elle ressente la pression. Se conformer ou mourir. Cette domination de loup est courante, dans la meute. Et je suis leur alpha.

Elle ferme la bouche. Serre les mâchoires. Elle me fusille du regard, puis se penche sur sa feuille et se met à cocher les réponses à toute vitesse.

La sensation triomphante qui m'explose dans la poitrine a plus à voir avec ma victoire sur Bailey qu'avec la bonne note qui m'attend. Je meurs d'envie de la mettre à genoux depuis qu'elle a eu le *culot* d'emménager dans la maison voisine.

Avec un petit sourire en coin, je note mon nom en haut de la feuille et devine les réponses restantes. Même si je me trompe sur chacune d'entre elles, j'aurai la moyenne.

Pink est une élève brillante. C'est limite un génie. Elle n'a rien à faire à Wolf Ridge, tout comme sa mère n'a rien à faire à la brasserie.

Enfin, quoi qu'il en soit, ses réponses seront justes. Et j'ai seulement besoin d'obtenir un C.

Je la regarde terminer l'interro – sur mon ancienne feuille – les sourcils froncés et les lèvres pincées.

— C'est fini, annonce Brumgard. Posez vos stylos. Faites-moi parvenir vos feuilles, s'il vous plaît.

Bailey me jette un nouveau regard noir avant de rendre

son interro, et je hausse les sourcils comme pour la mettre au défi de se plaindre.

Mais elle ne dira rien, et nous le savons tous les deux.

La brute alpha marque un point.

Zéro pour cette sale humaine.

CHAPITRE DEUX

Bailey

La colère me prend à la gorge et m'aveugle alors que je sors du cours de journalisme.

Quel culot ! Cole Muchmore a volé ma feuille devant toute la classe, et personne n'a rien dit. Il est en train de taper dans la main de ses coéquipiers. Les autres alpha-brutis, comme dirait Rayne.

Faire de moi une pestiférée ne lui suffit pas, il vole mon travail, maintenant ?

Je n'arrive pas à croire que je l'aie laissé faire.

C'est quoi, mon problème ? Suis-je tellement en manque d'amis que je suis prête à sacrifier mon éducation et mon avenir par peur d'énerver quelqu'un ? J'aurais dû le dénoncer. Tout le monde me déteste déjà. Je suis une paria depuis des semaines.

Et qu'est-ce qui ne tourne pas rond chez les autres élèves, qui ne voient pas d'objection à aider leur star du football à tricher ?

Connards.

Je baisse la tête pour cacher les larmes qui troublent ma vision alors que j'entre le code de mon casier. Il me faut cinq essais avant de me calmer assez pour voir les numéros. Il ne me reste que trois essais pour le déverrouiller.

À la seconde où j'arrive à ouvrir la porte de mon casier, une grosse main la referme dans un claquement.

Bien sûr, je sais parfaitement à qui appartient cette main.

— Merci de ton aide, Pink.

Cole est juste derrière moi, penché pour me chuchoter à l'oreille comme s'il s'agissait d'une conversation secrète entre amants et pas une provocation de la part du plus gros con de l'école.

Sa voix rauque fait vibrer des recoins de moi auxquels il ne devrait pas avoir accès.

— Va te faire foutre, Cole, dis-je d'une voix cassante.

Je ne dis pas de gros mots, d'habitude, surtout au lycée, mais la situation l'exige.

Je dois quand même rester une poule mouillée, car je ne me retourne pas et n'affronte pas le regard de mon harceleur. Je me colle davantage aux casiers pour ne pas le sentir contre moi, mais il se contente de se rapprocher, et à présent, je suis submergée d'odeurs et de sensations qui me hanteront tout autant que son sourire en coin.

Il veut m'intimider, et ça fonctionne, mais mon corps réagit d'une façon tout à fait différente.

Je ressens quelque chose d'inconnu, mais familier à un niveau primitif. C'est quelque chose de biologique, de sauvage qui me fait immédiatement mouiller. C'est forcément mon subconscient le responsable, car je ne peux pas sérieuse-ment trouver son attitude de brute musclée attirante.

Dommage qu'il soit aussi beau que Jacob Elordi. Un frisson me parcourt la peau. Je la regarde. Elle est couverte de chair de poule. Sa simple présence me donne la chair de poule ! Je n'ai pas besoin de vérifier pour savoir que mes tétons pointent sous ma robe patineuse à pois favorite. Je lutte contre l'envie de croiser les bras sur ma poitrine. Je ne veux pas qu'il sache qu'il a un effet sur moi.

Il est grand. Fort. Il a la voix grave. Son odeur est un mélange de bois de cèdre et de masculinité pure. Et son arrogance me met dans tous mes états.

— Tiens, me dit-il.

Son autre main apparaît devant mon visage. Pas celle qui maintient mon casier fermé, me retenant littéralement prisonnière. Il me tend un chewing-gum à la cannelle.

— Sérieux ?

Je le lui arrache de la main et me retourne, trop furieuse pour craindre la confrontation.

— Un chewing-gum ? dis-je en le brandissant entre nous, me maudissant d'avoir les doigts qui tremblent. Tu crois que ça compense le fait d'avoir volé l'interro de quelqu'un ?

Les yeux bruns de Cole me transpercent, brûlants. Je vois la haine dans son regard avant qu'il cligne des paupières et reprenne un air nonchalant. Il pivote et appuie une épaule contre mon casier.

— Ben, tu sais, des chewing-gums sont la seule chose que je puisse me permettre... vu que ta mère a volé le travail de mon père et tout ça.

Tout devient silencieux dans mon cerveau. Mon estomac se serre, et je retiens mon souffle.

— Quoi ?

— Ouais. C'est une vraie pointure, ta mère, hein ? Tout droit venue de la brasserie Coors dans le Colorado.

Il hausse les épaules et ajoute :

— Mon père ne faisait pas le poids.

J'ai les jambes en coton. J'ouvre et referme la bouche

comme un poisson hors de l'eau, mais je ne trouve pas de réponse appropriée.

Peu importe. Cole s'est déjà redressé et fend la foule, qui laisse passer son roi.

Il pense que ma mère a piqué le boulot de son père ?

C'est pour ça que Cole et Casey Muchmore me détestent. C'est pour ça que je suis une paria depuis huit semaines. Pour ça que j'ai beau sourire et dire bonjour aux autres élèves dans les couloirs ou les toilettes, je n'obtiens le moindre signe de tête en retour, même de la part des seconde.

Je ne savais pas que c'était personnel.

Comprendre la raison de leur attitude aurait dû me soulager, mais cela me donne juste mal au bide. Tant que l'alcoolique de père de Cole et Casey Muchmore n'aura pas retrouvé du travail, je resterai l'ennemie publique numéro un.

Et ce n'est pas de ma faute. Ce n'est même pas la faute de ma mère.

Elle a été engagée après que la brasserie de Wolf Ridge ait eu de gros ennuis avec l'agence de sécurité alimentaire, l'obligeant à fermer. Et elle m'a dit que l'entreprise était complètement à la dérive, à son arrivée. Rien n'était prévu pour éviter une contamination. Ce qui signifie que le père de Cole et Casey était nul à son boulot, et qu'il l'a perdu pour une bonne raison.

Je comprends que notre emménagement dans la maison voisine remuee le couteau dans la plaie, mais ma mère n'a pas volé le job de leur père. Et même si elle l'avait fait, il faut vraiment que Cole soit tordu pour me juger responsable de ses problèmes.

Moi aussi, les problèmes, je connais. Je ne me venge pas sur de parfaits inconnus pour autant.

Les doigts tremblants, j'entre de nouveau la combinaison de mon casier et en sors mon sac à dos pour me rendre à la cantine, le moment de la journée que je redoute le plus. Le moment où je dois m'asseoir seule et faire mes devoirs en mangeant un sandwich.

— Alors, tu as fait l'interro de l'alpha-bruti à sa place, hein ?

Je pivote et me retrouve face à Rayne, debout juste derrière moi. Son visage amical me met du baume au cœur, et j'ai envie de la serrer dans mes bras. Mais je me retiens. Je n'ai pas envie d'effrayer ma seule amie potentielle avec ma recherche désespérée de contact humain.

— Les nouvelles vont vite, hein ?

— Ouais. C'est comme ça, dans ce lycée. Il ne faut même pas cinq minutes pour que la rumeur circule. Surtout quand elle concerne notre star de quarterback.

— Le football compte à ce point, ici ? Ça me dépasse.

Elle hausse les épaules et m'emboîte le pas.

— Wolf Ridge est champion de l'État dans quasiment tous les sports. On est connus pour ça. Mais Cole est exceptionnel. Sur le terrain, il fait le show. Il joue avec l'autre équipe. Comme un chat avec une souris. C'est légendaire. Alors s'il avait été mis sur la touche à cause d'une mauvaise note, tout le monde aurait été dégouté. Je sais que tu n'as pas fait exprès, mais tu viens de devenir une héroïne, là.

— Je viens de devenir la risée de toute l'école et la cible de toutes les brutes du lycée, tu veux dire.

— Nan, seulement celle de Cole.

— Alors il faut être bon en sport pour être populaire ?

— Ouais, répond-elle en faisant glisser les mains le long de son corps, un grand sourire chagriné aux lèvres. Maintenant, tu comprends pourquoi j'ai peu de chances de devenir la reine du lycée.

J'ai soudain une drôle d'envie de voler la couronne de

reine avant qu'elle ne soit décernée ce week-end, simplement pour la donner à Rayne. Et cela suffit à me faire sourire.

Elle me donne un petit coup de coude.

— C'est pas drôle à ce point-là, me dit-elle.

— Je ne me moque pas de toi, promis. Je me disais juste que ce serait marrant de truquer le concours.

Elle sourit à son tour. Elle me fait traverser l'école, jusqu'à une petite zone boisée que je n'avais encore jamais vue.

— C'est ici que j'aime me cacher pendant l'heure du déjeuner, annonce-t-elle.

Elle se laisse glisser contre un arbre, et je l'imite.

— C'est beaucoup mieux que les endroits que j'ai essayés.

C'est la vérité. Elle a trouvé le seul coin de verdure du campus où l'air est plus facile à respirer.

— Apparemment Cole croit que ma mère a piqué le boulot de son père, dis-je à brûle-pourpoint, incapable de penser à autre chose.

Rayne hausse les sourcils.

— Tu ne le savais pas ?

Je pousse un soupir. Le monde est *vraiment* petit, et à Wolf Ridge, tout se sait.

— Je croyais que tout le monde me détestait parce que je suis Latina.

Rayne recrache son jus de fruits, hilare.

— C'est trop drôle.

— Oui, enfin, il n'y a pas beaucoup de diversité, ici. Et je ne me fonds pas dans le moule. Si tu voyais la façon dont le père de Cole nous regarde par la fenêtre. Je te jure, j'étais persuadée qu'un jour, lui ou les voisins appelleraient les services de l'immigration pour nous dénoncer, en espérant qu'ils viennent nous chercher dans la nuit, juste parce qu'on s'appelle Sanchez.

Rayne rit tellement fort que des larmes lui coulent au coin des yeux.

— Non, dit-elle en s'essuyant les joues. Ce que tu affrontes, là, ce n'est pas du racisme.

La façon dont elle a dit racisme me laisse penser qu'il y a autre chose en plus du fait que ma mère occupe l'ancien poste du père de Cole, mais je ne vois vraiment pas ce que ça pourrait être.

Elle lisse une mèche de cheveux blond-blanc derrière son oreille, et j'aperçois un tatouage bleu à l'intérieur de son poignet.

— Qu'est-ce que c'est ? demandé-je en le montrant du doigt.

Elle tend le bras pour me montrer une toute petite empreinte de patte.

— Très joli. C'est pour te souvenir d'un chien ?

— C'est une empreinte de loup, en fait.

— Tu aimes les loups ?

Elle remet rapidement sa manche en place et baisse la tête.

— Non. C'est juste pour Wolf Ridge. C'est bête, dit-elle en rougissant férocement. Je regrette de l'avoir fait, mais c'est trop tard, maintenant.

— Je l'aime bien.

Une idée me traverse soudain l'esprit, une idée qui me rend enthousiaste pour la première fois depuis deux mois. Un moyen de rendre hommage à Catrina.

— J'ai envie de m'en faire un. Tu l'as fait ici, en ville ?

— Oui, au tatoueur *Patte de Loup*.

— Oh là là. C'est pour ça que tu t'es fait faire une patte de loup ? C'est gratuit si on leur fait de la pub ?

Rayne éclate de rire.

— Non, mais c'est sans doute ça qui m'a donné l'idée, oui. Mais il faut avoir dix-huit ans, ou avoir l'accord d'un parent.

— Eh bien, il se trouve justement que demain, c'est mon anniversaire, dis-je avec un sourire. Tu veux m'accompagner ?

Son visage s'illumine.

— Carrément. Qu'est-ce que tu veux te faire tatouer ?

Je ravale la boule que j'ai dans la gorge. Je ne suis pas encore prête à en parler. Alors je hausse les épaules d'un air mystérieux et réponds :

— Tu verras.

～

Cole

— Sérieux, je n'arrive pas à croire que tu aies obligé l'humaine à faire l'interro à ta place, me dit Wilde, le capitaine de notre équipe, en me donnant un coup de poing dans l'épaule dans les vestiaires après la douche. C'était trop stylé.

— Arrête de dire stylé, mec, railla Bo. T'as pas de style, connard.

Des rires retentissent parmi les plus jeunes, qui veulent se faire bien voir.

— Ouais, et Bailey Sanchez me doit bien plus qu'une bonne note à une interro, dis-je.

Austin émet un petit bruit réprobateur à côté de moi.

— Quoi ? demandé-je.

Il hausse les épaules, mais détourne les yeux, car il sait

que je suis l'alpha de cette équipe et de notre groupe d'amis, même si je ne suis pas capitaine. Même si je ne suis pas le plus grand.

Je suis le plus violent, et tout le monde le sait.

— Qu'est-ce qu'elle fout là, d'ailleurs ? s'enquiert Bo. Les RH de la brasserie auraient dû encourager sa mère à l'envoyer à Cave Hills avec les autres humains.

Je secoue la tête, submergé par les moments difficiles de ces derniers mois. Mon père, qui s'est mis à boire de plus en plus. Sa façon de s'en prendre à Casey et moi. Notre vie de plus en plus merdique. Les choses allaient déjà mal avant l'arrivée de Bailey Sanchez, mais son emménagement dans la maison voisine a tout amplifié.

— Je ne sais pas, mais elle va le regretter.

— Je sais pas, moi je la trouve canon, commente Slade en agitant les sourcils.

— La ferme, Slade, l'avertit Austin.

Slade n'a aucun tact. Il n'a pas remarqué que malgré le fait que je déteste Bailey, je craque aussi pour elle.

Mais il continue, sans écouter l'avertissement d'Austin :

— Jolis seins, et belles petites robes. Et ses grands yeux la font ressembler à une poupée mexicaine...

— Parle pas de ses seins, ordonné-je en pivotant brusquement.

Je lui donne un coup de boule, et un craquement d'os et de cartilage retentit.

Il se plaque une main sur le nez.

— Aïe, putain !

Wilde et Bo s'interposent au cas où les coups continueraient à pleuvoir. Le Coach Jamison nous interdit formellement de nous battre, une règle que j'ai beaucoup de mal à suivre cette année.

Tel père, tel fils, j'imagine.

Je me penche sur la gauche pour pointer Slade du doigt.

— Ne parle plus jamais d'elle. Elle est à moi.

— Quoi ? demande-t-il, toujours à côté de la plaque. Je croyais que tu la détestais.

— Elle est à moi, répété-je d'un ton ferme. C'est à moi de la tourmenter, et je vais en savourer chaque seconde.

Mes quatre amis secouent la tête comme s'ils avaient de la peine pour moi.

— C'est tordu, mec, dit Austin.

Slade réalise enfin qu'il a tout à gagner en la fermant. Il hausse les épaules et remet les os de son nez en place. Il sera guéri demain ; c'est ça qui est beau, quand on est métamorphe.

— En parlant d'humaines qui donnent envie de baiser, dit Bo pour tenter de désamorcer la conversation. Vous devriez voir la meuf de Cave Hills qui est venue au garage, hier. Un corps de malade, et la personnalité qui va avec. Elle a un grain. Mais la bagnole qu'elle a fait repeindre était trop cool.

— Attends... dit Slade, en comprenant enfin ce que j'ai dit et en ignorant le commentaire bien plus passionnant de Bo. Tu veux dire que t'as *vraiment* envie de coucher avec Bailey ?

Sa question est simple. J'ignore pourquoi la réponse me paraît si compliquée.

Face à mon silence, Bo intervient :

— Et si tu te la tapais une fois, si elle te trouble à ce point ? Histoire de te la sortir de la tête ?

Est-ce ce qu'il me faut ? Une baise haineuse avec la voisine pour la chasser de mes pensées ?

En vérité, je ne me suis jamais masturbé en pensant à une humaine. Enfin, jusqu'à ce que Bailey se pointe avec son petit corps sexy d'intello.

Elle a des formes là où il faut, et sa mèche rose me plaît.

Elle se comporte comme une élève parfaite, mais sa mèche me dit qu'au fond, c'est une rebelle.

Et Slade a raison. Ses grands yeux noirs et sa peau pâle lui donnent des airs de poupée. Une poupée qui me donne des idées salaces.

Caresser son corps voluptueux est peut-être la solution. Je pourrais la remettre à sa place, et nous y prendrions tous les deux du plaisir.

Ce qu'il me faut, ce n'est pas qu'elle déménage ; c'est qu'elle se retrouve dans mon lit. J'ai besoin de l'entendre me supplier. De la voir à genoux, mon membre enfoncé dans la bouche. Ou attachée, allongée sur le ventre. Ou alors sur le dos, ma main autour de son cou pendant que je ferais des va-et-vient dans sa petite chatte serrée.

Je suis sûr qu'elle est vierge.

Elle est beaucoup trop sage pour ne pas l'être.

Mmm. Dévergonder la fille de l'humaine qui a piqué le boulot de mon père pourrait bien être la punition idéale.

Ce n'est pas une mauvaise idée. Je remets mon sexe en place alors que ce plan s'enracine dans ma tête.

— Ohé ! Cole ?

Wilde agite la main devant mes yeux. Je devais être dans la lune.

— Il est déjà en train de la baiser dans sa tête, raille Bo.

— Ouais, admets-je en me redressant. J'ai bien l'intention de le faire.

— Fais rien d'illégal, mec, ou l'alpha Green te coupera les couilles. Tu connais les règles, m'avertit Austin.

De la bile me monte à la gorge.

— Tu crois que je serais capable de la *violer* ?

La colère trouble ma vision, et mon loup remonte à la surface. Je me comporte comme un connard, mais mes propres amis me croient-ils donc capable de tomber aussi bas ?

Jamais je ne cautionnerais un viol. Jamais. J'ai une petite sœur. Si un mec profitait d'elle, je le tuerais. Je déteste Bailey, mais bon sang... Les loups sont protecteurs de nature, et nous respectons un certain code d'honneur, quand même.

Austin fait un pas en arrière. Wilde aussi. Bo bondit du banc sur lequel il est assis et laisse un grand espace entre nous.

— Ouah, désolé. Cool. Je voulais juste être sûr, proteste Austin, les mains en l'air.

Je me retourne et enfile mes vêtements, toujours en colère.

— Je suis désolé, mec. Je ne voulais pas sous-entendre...

— Va te faire foutre, Austin.

— OK, je vais me faire foutre. Mais je suis toujours ton meilleur ami.

Je lui adresse un doigt d'honneur par-dessus mon épaule. Je sais, pas très mature.

Parler de meilleurs amis quand on est au lycée est peut-être puéril, mais c'est la vérité. Austin est mon complice depuis que nous sommes louveteaux. Nos mères étaient toutes les deux enseignantes à l'école primaire. Et ce qu'il est en train de me dire, au fond, c'est qu'il me soutient. Même si je me comporte comme un con.

Ils me soutiennent tous. Parce qu'ils savent ce qui se passe chez moi.

C'est l'un des seuls points positifs de la vie en meute.

Je ramasse mon sac et sors du gymnase.

Casey m'attend dehors, même si son entraînement se termine une heure avant le mien. Ma petite sœur n'est qu'en seconde, mais c'est déjà une star du volley, et elle mène son équipe tout droit vers une quatrième victoire régionale.

Pas de salopes à pom-poms dans cette famille, aime dire mon père. C'est une attaque contre ma mère, qui était capitaine de son équipe de cheerleaders quand lui était le meilleur défenseur de Wolf Ridge.

Casey monte dans la cabine du pick-up et s'avachit dans son siège, le regard perdu par la fenêtre. Je mets le moteur en route et démarre. Nous ne parlons pas. Nous ne faisons même pas attention l'un à l'autre. C'est notre routine.

Casey aurait pu se faire raccompagner par n'importe laquelle de ses amies. Rien ne l'oblige à m'attendre. Mais elle le fait. Et ce n'est pas par envie de passer du temps avec son grand-frère. Ou parce qu'elle aime traîner au lycée après l'entraînement.

C'est parce qu'elle ne veut pas rentrer à la maison si je ne suis pas là pour la protéger.

CHAPITRE TROIS

Bailey

Se faire tatouer l'intérieur du poignet est plus douloureux que je ne l'aurais cru. Mais le résultat est parfait : le crâne façon jour des Morts ressemble exactement à mon dessin, et ce qui est encore mieux, c'est qu'il sera gravé à jamais dans ma peau. Le nom de Catrina est inscrit sur une petite bannière sous le crâne.

La douleur est épouvantable, cependant. Je dois me faire violence pour ne pas verser de larmes alors que le tatoueur maltraite mon poignet, et mon corps tout entier tremble, affaibli.

Mais ça vaudra le coup. J'avais besoin de quelque chose pour me souvenir d'elle, et je ne l'ai compris qu'en voyant la petite empreinte de patte de Rayne.

Je suis assise dans un fauteuil devant la vitrine du salon de tatouage. Ils aiment sans doute exposer leurs clients aux passants. Comme si je n'avais déjà pas assez l'impression d'être dans un bocal à Wolf Ridge. Rayne est tranquillement assise dans le siège voisin et me montre des vidéos marrantes sur YouTube.

— Regarde celle-là, c'est une version traduite par Google de *Bad Guy* de Billie Eilish.

Elle me met le téléphone sous le nez, et je regarde la parodie, éclatant de rire face aux paroles mal traduites telles que « *I'm a baaaad cat* ».

Je souris et grimace à la fois.

— Je crois que j'ai besoin de quelque chose d'encore plus drôle.

— T'as vraiment très mal, hein ?

Rayne me regarde avec plus de curiosité que de compassion, ce qui m'agace, vu que la douleur est tellement intense que je transpire.

— Il est en train de me trouer la peau encore et encore avec une aiguille pleine d'encre. Bien sûr que je souffre. Le tien ne t'a pas fait mal ?

Elle haussa les épaules.

— Je ne m'en souviens pas.

Le tatoueur, Eric, un type mince aux cheveux coupés ras avec des piercings et des tatouages aux deux bras, échange un regard avec mon amie comme s'ils partageaient un secret. Ou comme s'ils étaient d'accord sur le fait que je suis une grosse chochotte.

C'est peut-être le cas. Je souffle. Je mérite cette douleur.

Pour Catrina.

— Oh oh, dit Rayne en faisant tourner son fauteuil pour être dos à la vitrine. Ne regarde pas.

— Quoi ? Oh.

Merde.

L'équipe de football du lycée fait son footing autour de la place centrale, aujourd'hui. Super.

— Excusez-moi, demandé-je au tatoueur. Est-ce qu'on pourrait, euh, se retourner ?

Mais il est trop tard. Les sportifs passent devant nous, et je les vois jeter des regards, d'abord à moi, puis à Cole, qui se trouve au milieu de leur meute. Il m'aperçoit et se met immédiatement à reculer, manquant de se cogner à quelque chose dans son élan. Deux de ses amis s'arrêtent avec lui.

Alors qu'il ouvre la porte, l'un d'entre eux lui dit :

— Non, mec. Le Coach Jamison va nous tuer si tu disparais.

— Je vous rejoins tout de suite.

Son sourire est plein de malice.

J'ai des papillons dans le ventre, et mon pouls s'emballe.

Cole nous rejoint d'un pas bondissant. Ses muscles étirent son tee-shirt blanc. Il transpire à peine, alors qu'il était en train de courir en plein soleil. Dans le Colorado, l'automne aurait déjà été bien entamé, en octobre, mais apparemment, l'Arizona n'a pas reçu le mémo.

— Ça sent la douleur, ici, déclara-t-il.

Il s'approche de moi. Son corps athlétique suinte la jubilation. Ses yeux bruns pétillent.

— La douleur, et...

Il renifle l'air, puis fait subitement volte-face pour regarder Rayne.

— ... la peur.

Il bondit sur elle et l'emprisonne sur son fauteuil, une main sur chaque accoudoir.

Elle pousse un glapissement.

Il a raison. Elle a l'air terrorisée.

— Qu'est-ce que tu fais là, Rayne-des-neiges ?

Elle se ratatine dans son siège, les yeux écarquillés.

Cette scène me met tellement en colère que j'en oublie que je suis intimidée.

— Fous-lui la paix, ordonné-je.

Il continue de l'emprisonner, mais se tourne lentement vers moi.

— Rayne-des-neiges et Pink. Qui se ressemble s'assemble.

Il fronce les sourcils, et pour mon plus grand soulagement, il s'éloigne de Rayne. Quand il se dirige vers moi, cela ne me fait ni chaud ni froid. Je peux l'affronter.

— Quoi de neuf, Muchmore ? bredouille Eric en jetant un regard en coin à Cole.

Super. Même les commerçants de la ville ont peur de ce petit voyou.

Pas étonnant.

Cole se place à côté de lui et me dévisage.

— T'as l'air de souffrir, Pink. Tu es une petite fleur délicate, hein ?

Je lève les yeux au ciel.

— Je suis sûre que ça t'excite, de voir quelqu'un souffrir, hein ?

— Seulement quand c'est toi, Pink.

Il sourit et se prend le paquet en main à travers son short de sport.

Je suis son geste des yeux avant de pouvoir me retenir. Oh la vache. Il en a un gros, et en effet... il semble être excité.

C'est le moment que choisit mon corps pour me trahir. Encore. Il va vraiment falloir que je prenne mes hormones entre quatre yeux pour leur apprendre ce qui constitue une relation sexuelle saine. L'adolescence est vraiment un âge ingrat.

En fait, jusqu'à récemment, je me croyais asexuelle. J'ai déjà embrassé quelques garçons. Quelques filles. Mais ça ne m'a jamais fait beaucoup d'effet.

En cet instant, cependant, j'ai l'impression qu'une étincelle vient de mettre le feu à mes entrailles. Un frisson me parcourt la peau. Mes tétons pointent douloureusement.

Et malheureusement, Cole n'en perd pas une miette. Ses narines se dilatent et son regard tombe sur mes tétons, visibles même à travers ma brassière brodée de marguerites.

— Qui c'est qui est excité par la souffrance, là ? raille-t-il.

Je rougis et ne trouve pas de réplique, parfaitement consciente de la tension de mes seins, de la chaleur entre mes jambes.

— Va te faire voir, Muchmore.

Ouais, super mature.

Eric interrompt son tatouage et se racle la gorge, comme s'il voulait dire quelque chose à Cole, mais qu'il n'en avait pas le courage.

— Va voir ailleurs, lui ordonne ce dernier.

Le tatoueur s'éloigne lâchement, me laissant seule à la proie des attaques de Cole.

Et il passe effectivement à l'attaque, mais pas comme je l'aurais cru.

Il se penche en avant et agrippe les accoudoirs de mon fauteuil comme il l'a fait avec Rayne.

— C'est bien que tu aimes la douleur, petite fleur. Parce que je compte te faire souffrir.

C'est une menace, mais il a les paupières lourdes. Comme si cette idée lui faisait frôler l'orgasme.

Et pour une raison que j'ignore, mon corps continue de réagir à sa présence. L'élancement entre mes jambes bat au rythme de mon cœur.

Il se penche encore, si près que je crois qu'il va me mordre, mais il se contente de me humer profondément, son nez près de mon cou.

Quand il recule, ses yeux ont quelque chose d'étrange. Ils sont plus dorés que bruns. Il retient son souffle, puis expire. Il me prend la main pour examiner le tatouage, comme pour penser à autre chose.

— Petite Miss Parfaite se fait tatouer ? J'y crois pas.

Je suis trop troublée pour répondre. Trop déroutée. Trop vulnérable.

— Ça m'étonne que ta coincée de mère autorise sa petite fille sage à se faire marquer comme ça.

— Elle a dix-huit ans aujourd'hui, annonce Rayne.

Je lui aurais bien jeté un regard noir, mais je suis trop occupée à observer les yeux de Cole, qui semblent avoir repris leur couleur d'origine. Ai-je imaginé leur passage au doré ? Forcément.

Il hausse les sourcils.

— C'est ton rite de passage à l'âge adulte, alors ? T'étais si impatiente que ça de te faire tatouer ?

J'ignore pourquoi sa curiosité me serre ainsi la poitrine. Je tente de me dégager, mais il garde mon poignet dans sa main.

— Qu'est-ce que c'est ? Un crâne ?

Il penche la tête sur le côté et me dévisage, avant d'examiner de nouveau le motif.

— Un truc culturel mexicain ? Ou alors quelqu'un est mort ?

Je reste impassible, mais il se fige.

— Qui est mort, Pink ?

Cette fois, je parviens à me dégager.

— Tire-toi, Cole, dis-je d'une voix étranglée.

Mon chagrin est en train de remonter à la surface, et je n'ai aucune envie de craquer devant mon pire ennemi.

L'arrivée de deux de ses coéquipiers me sauve.

— Cole, dépêche. Coach n'a pas encore remarqué ton absence, mais ça ne va pas tarder.

C'est Wilde, le plus grand des deux, qui a parlé. Je crois

que c'est le capitaine de leur équipe. Sans doute une autre star du football américain à tendance alpha-bruti.

Cole recule lentement, sans cesser de me dévisager. Puis il tourne les talons et part avec ses amis, emportant tout l'oxygène de la pièce.

Ce n'est que quand Cole et ses coéquipiers disparaissent à l'angle de la rue que je parviens à reprendre mon souffle.

— Eh ben, dit Rayne.

— Quoi ?

Eric revient vers moi d'un pas traînant et reprend son travail comme si de rien n'était. Cette fois, je remarque à peine la douleur.

— Je crois que tu as plus de pouvoir sur Cole que tu ne le crois.

Mon estomac se serre. J'ai toujours les nerfs à vif.

— Comment ça, *plus de pouvoir* ?

Mon amie se tourne vers la vitrine d'un air songeur, dans la direction prise par les garçons.

— Il ne peut pas te supporter, c'est vrai. Mais ça ne veut pas dire qu'il ne veut pas te mettre dans son lit.

J'aurais bien aimé réagir avec révulsion, mais au lieu de cela, des éclairs me traversent et un frisson me parcourt tout le corps. Eric me tient la main avec plus de force pour ne pas rater le tatouage, puis il jette un regard à Rayne qui ressemble étrangement à un avertissement.

Parce qu'il ne veut pas qu'elle me déconcentre ? Ou parce qu'il ne veut pas qu'elle m'encourage à fréquenter Cole ?

Non que j'en aie l'intention.

Mais, et si Rayne a raison ? Et si Cole Muchmore me désirait ? Ça change tout. Si c'est vrai, j'ai effectivement un peu de pouvoir sur lui. Et je peux m'en servir comme d'une arme...

~

Cole

Bailey et ce sale avorton de Rayne.

C'est un duo que je n'aurais jamais imaginé voir. Rayne a failli se pisser dessus quand je l'ai surprise à violer ma règle de ne pas sympathiser avec l'humaine, mais à vrai dire, je m'en fous. Si Pink veut être amie avec le membre le plus faible de la meute, grand bien lui fasse. Elle a sans doute besoin de quelqu'un à qui parler.

Mais quand même, ça m'agace. Rayne n'est pas assez bien pour Pink. Elle a deux ou trois ans de moins qu'elle, et elle n'a pas d'amis. C'est le fonctionnement de la meute qui veut ça. Si Pink se trouvait dans une école humaine, elle ferait partie des élèves les plus populaires, vu qu'elle ressemble à une bibliothécaire sexy. Elle ne traînerait pas avec une gamine comme Rayne.

La façon dont elle a défendu Rayne m'a plu, cependant. C'est amusant, de voir les humains faire preuve du même côté protecteur qu'un alpha envers leurs amis. Ils ne comprennent sans doute pas ce qui se cache derrière tout ça au niveau biologique. Mais Pink a du cran, je dois bien l'admettre.

Je regagne le terrain en courant, songeant au tatouage de Pink. Apparemment, l'intello canon a plus de profondeur que je ne le croyais. Elle aussi a perdu quelqu'un. Elle a une blessure.

Certains s'attendraient à ce que cela me donne envie de retourner le couteau dans sa plaie, mais non.

Elle va déjà mal.

Elle connaît déjà la douleur.

Quelque part, cela satisfait ma facette la plus colérique. Comme si cela nous mettait sur un pied d'égalité.

J'ai toujours envie de lui rabattre son caquet, cependant. De la mettre dans mon lit. De la pousser à me supplier. De lui faire crier mon nom. De lui donner envie de me donner tout ce que je veux.

Je secoue la tête. Cette simple idée me met de bonne humeur.

Je crois que c'est ce qu'il me faut. Coucher avec l'humaine.

Quand j'aurai conquis Bailey – que je l'aurai brisée moi-même –, je pourrai oublier tout ça.

~

Bailey

Je n'avais pas prévu d'assister au premier match de la saison. Je ne sais même pas pourquoi je suis venue.

Parce que Rayne m'a convaincu de le faire, sans doute.

Nous sommes assises tout au fond, mais même aussi loin, nous devons nous serrer sur les gradins.

Je jurerais que toute l'école s'est déplacée. Tout le monde est habillé en bleu et blanc, agitant des pancartes ou des pom-poms.

— Bienvenue, Wolf Ridge ! lance Austin, le délégué des élèves et l'un des alpha-brutis de l'équipe de football.

Il est debout au milieu du terrain avec un microphone à ma main.

— Avant le match, poursuit-il, je vais annoncer qui sont les rois et reines du lycée.

— Merde, je voulais voler la couronne, marmonnai-je.

Rayne éclate de rire. Elle m'a déjà raconté tous les ragots sur les gens qui nous entourent et sur leurs relations au sein de Wolf Ridge.

— Chez les premières, le prince est Alex Shank.

La foule applaudit alors que l'un des joueurs de l'équipe court sur le terrain pour aller chercher sa couronne.

— Et la princesse des premières... Chiara Deane !

Une nouvelle clameur.

— Et notre roi de terminale est...

Il marque une pause théâtrale qui s'éternise, et la foule se met à taper du pied et à applaudir.

— Cole Muchmore !

— Pff, grogné-je. Comme s'il avait besoin qu'on lui passe la brosse à reluire.

— Eh bien, il en a peut-être besoin, dit Rayne, me rappelant le renvoi de son père, ce qui m'envoie une vague de culpabilité.

— Et la reine est... Adriana Drake !

Je n'ai aucune opinion sur Adriana Drake, la pom-pom girl blonde qui se précipite sur le terrain pour obtenir sa couronne. Enfin, jusqu'à ce qu'elle se jette au cou de Cole comme s'ils venaient d'annoncer leurs fiançailles. À ce moment-là, je décide que c'est une pétasse sans cervelle qui ne sait même pas faire ses lacets.

— Oh, comme c'est mignon, commente Rayne d'un ton sec. Ils sont sortis ensemble l'année dernière. Apparemment, les élèves veulent les revoir ensemble.

J'ai une crampe à l'estomac, et une sensation brûlante qui ne ressemble pas du tout à de la jalousie me serre la poitrine.

Je ne suis pas jalouse.

Pas jalouse du tout.

Pourquoi serais-je jalouse que quelqu'un sorte avec Cole ? Il aurait moins le temps de faire de ma vie un enfer.

Jouer la carte de la raison avec mon esprit ne fonctionne pas, cependant. Je ne peux pas supporter cette pom-pom girl, qui, je l'ai décidé, est une connasse. Elle récupère sa couronne, mais reste collée à Cole, un bras autour de sa taille.

J'ai du mal à le voir d'ici, mais il a l'air de s'ennuyer et de s'impatienter, à moins que ce ne soit ce que je veux voir.

Eh merde.

Apparemment, je suis en train de devenir aussi obsédée par mon bourreau qu'il l'est par moi.

Les membres de la famille royale quittent le terrain, et l'orchestre nous joue quelques morceaux.

Les cheerleaders forment deux files devant les portes du stade pour former un chemin à l'équipe, et elles agitent leurs pom-poms au-dessus des joueurs.

La foule se lève pour applaudir leur entrée triomphale.

— Quel exploit, vous êtes entrés sur le terrain, raillé-je à voix basse pour que seule Rayne m'entende.

Elle me donne un coup de coude dans les côtes.

— Un peu d'enthousiasme. C'est marrant, les matchs.

Les matchs ? Marrants ?

Bon. Si elle le dit.

Je passe les joueurs en revue. Ils se ressemblent tous, avec leurs grosses épaulières et leurs casques.

— Numéro vingt-six, dit Rayne.

— Quoi ?

— C'est le numéro de Cole. C'est lui que tu cherchais, non ?

Je rougis.

— Pas du tout.

Elle sourit.

— Menteuse.

Je repère le vingt-six et me demande immédiatement comment j'ai fait pour ne pas le reconnaître. Cole se pavane sur le terrain avec la grâce d'un prédateur, faisant passer le reste de l'équipe pour de gros patauds.

Le tirage au sort est effectué. Les équipes se mettent en place. Les adversaires ont la balle.

Je regarde le match, moins par intérêt pour le sport en lui-même, bien que je sois fascinée par les prouesses d'un certain quarterback, que par curiosité anthropologique.

Dans notre culture, le sport a remplacé les batailles. C'est sur le terrain que les jeunes guerriers font désormais leurs preuves, comme un rite de passage à l'âge adulte. Que faire d'autre de ces corps puissants qui ne sont plus d'aucune utilité dans nos sociétés modernes ? Si nous n'en faisons rien, l'évolution se chargera de les faire disparaître, non ?

Je dois admettre que la beauté de la danse qui se déroule sur le terrain m'impressionne. Et les joueurs du lycée de Wolf Ridge sont bien meilleurs que ceux de l'équipe adverse, c'est évident. Ils sont plus grands, plus forts, avec une meilleure coordination.

Meilleurs, tout simplement.

Je comprends pourquoi le sport a une telle importance, ici.

À la mi-temps, je brave la foule pour acheter des nachos. Rayne reste collée à moi, bien qu'elle jette des regards nerveux aux gens qui nous entourent.

— Tu as peur de la foule ? demandé-je pour détendre l'atmosphère. Moi, oui.

— Euh, ouais. Carrément.

Elle se mordille la lèvre, et quelque chose me dit qu'elle ne me révèle pas tout.

Pendant que j'attends mes nachos, la reine du lycée coupe la file. Comment s'appelle-t-elle, déjà ? Ah oui... *Adriana*.

Elle m'aperçoit et me détaille des pieds à la tête, avant de faire la même chose avec Rayne. Elle retrousse la bouche.

— Qu'est-ce que tu fabriques avec la nouvelle, Rayne ?

Son ton est accusateur et plein de médisance, et un frisson me parcourt l'échine.

Je me rappelle ce que Cole a dit à mon amie au salon de tatouage. *Qu'est-ce que tu fais là ?*

Y a-t-il une règle interdisant de se lier d'amitié avec moi ?

Non, c'est insensé. Je suis parano.

Mais Adriana s'approche de Rayne, la toise avec une agressivité que je n'ai pas l'habitude de voir chez les filles.

— Je suis sérieuse. Qu'est-ce que tu fous ?

J'attrape Rayne et la place derrière moi. Ce n'est pas parce qu'elle est petite que les gens peuvent se permettre de la bousculer ainsi.

— Recule, princesse, interviens-je.

Je regarde sa couronne et m'imagine la lui arracher et la casser en deux. Ou encore mieux, la mettre sur la tête de Rayne. Je ne suis pas du genre à me battre – jamais de la vie –, mais dans ce lycée, l'agressivité et l'intimidation semblent être la règle, et cette fois, je n'ai pas envie de prendre mes jambes à mon cou. J'en ai marre de me taire alors que tous les élèves se comportent comme des cons.

Adriana émet un bruit similaire au grondement d'un chien.

Pas très glamour.

— Arrête, me dit Rayne en me tirant par le bras avec insistance. Sérieusement, éloigne-toi. Viens.

C'est son ton sincèrement alarmé qui me convainc de la suivre. Ce que j'ai pris pour de l'anxiété de sa part ressemble maintenant à une véritable peur, et cela me perturbe.

Ce n'est qu'une fois à bonne distance d'Adriana que je me souviens de mes nachos.

— Laisse-les, me dit Rayne, les yeux toujours écarquillés par la frayeur. Sérieusement. Ne cherche pas les ennuis avec ces filles-là. Tu risquerais d'être blessée.

— Tu veux dire... blessée physiquement ?

Elle hoche la tête d'un geste vif.

— Oui.

J'en ai la nausée. Bon sang. Cette ville est de plus en plus bizarre. C'est un mélange entre *Deadly Class* et *Comportements Troublants*, le film d'horreur des années quatre-vingt-dix.

Dans mon ancien lycée, il y avait bien quelques filles méchantes, mais au moins, personne ne tremblait de peur à l'idée de se faire tabasser. Il faut régler ce problème. La culture de l'établissement doit changer.

— J'avais faim, me plains-je.

— Viens, il y a un marchand de glaces pas loin.

J'aurais préféré rentrer chez moi, mais comme je ne conduis plus et que j'ai dit à ma mère de venir me chercher à vingt-deux heures, c'est impossible. En plus, je ne veux pas faire faux bond à Rayne. J'ai comme l'impression qu'elle a tout autant besoin de mon amitié que j'ai besoin de la sienne.

En plus, la glace aux éclats d'Oreo me fait beaucoup de bien.

Nous restons chez le glacier pendant la deuxième partie du match, ne regagnant le stade qu'en entendant les cris de victoire des spectateurs.

Quand nous arrivons sur le parking, la moitié des voitures sont déjà parties, et les élèves du lycée se livrent à toutes sortes de choses inimaginables. Deux garçons se battent à mains nues dans un coin, et une odeur d'herbe flotte dans l'air. Un groupe fait ouvertement tourner une énorme bouteille de vodka, dont ils boivent des gorgées tour à tour comme s'il s'agissait d'un joint.

Cole Muchmore est adossé à sa Ford d'époque, vêtu d'un tee-shirt déchiré et d'un jean. Ses cheveux ont l'air mouillés, comme s'il sortait de la douche. Son accessoire principal est la pom-pom girl qui tente de lui grimper dessus.

Adriana, la reine du lycée.

Je n'ai pas envie de regarder ça, vraiment pas, mais je ne peux pas m'empêcher d'observer la scène en passant.

Je vois sans doute seulement ce que je veux voir, mais j'ai l'impression qu'il essaye de la repousser, qu'il est agacé par cette tentative de consommer leur union royale.

C'est alors qu'il me voit. Je comprends tout de suite que je suis foutue. Il semble jubiler. La promesse d'une punition. Je ralentis le pas. Nos regards se soutiennent.

Il glisse une main dans les cheveux d'Adriana et la pousse vers le bas, l'obligeant à s'agenouiller devant lui. Apparemment, elle est assez désespérée pour obéir à sa suggestion grossière, car elle passe la bouche contre son jean pour mordiller la bosse qui s'y cache.

Je suis sous le choc.

Dégoûtée.

Excitée.

Les autres garçons présents poussent des cris d'encouragement, et Adriana devient plus audacieuse.

Je n'ai pas envie de regarder. Vraiment pas. Rayne me tire par le bras, mais je suis comme enracinée dans le sol, incapable de détourner les yeux.

Mes tétons durcissent, mon sexe se contracte.

Cette humiliation publique ne devrait pas m'exciter.

Il est cruel avec elle, et la tient toujours par les cheveux avec un petit sourire en coin.

La foule remarque vite qu'il fait tout ça pour que je le voie. Que son regard est rivé sur moi.

L'une des amies d'Adriana l'appelle. Cole se met à grommeler quelque chose.

Adriana lève les yeux vers lui, voit qu'il regarde ailleurs, et elle se tourne brusquement vers moi. Son visage est plein de colère.

Cole lui lâche les cheveux, et elle tombe sur les fesses. Il rit, sans cesser de le regarder, et se saisit le paquet.

Je secoue la tête.

Pour une raison que j'ignore, j'ai le cœur qui bat à cent à l'heure, comme si je venais de faire un tour de stade.

— Bailey, *viens*, m'implore Rayne en me tirant avec plus de force. Ne le laisse pas te perturber.

Adriana se remet debout avec maladresse et pousse Cole de toutes ses forces. Il se contente de sourire. Quand elle se tourne vers moi, je réalise que j'aurais dû m'en aller quand j'en avais l'occasion.

Surtout après l'avertissement de Rayne.

Cole l'attrape par le bras, cependant, et elle rebondit contre lui. Il lui dit quelque chose qui ressemble beaucoup à « Laisse-la. Elle est à moi ».

Je retrouve ma mobilité.

Rayne et moi partons en courant vers la rue, loin de la fête et de ses excès.

Loin de Cole Muchmore et de ses coéquipiers alpha-brutis.

Loin de ses mots.

Loin de sa revendication sur moi.

Elle est à moi.

Il se trompe. Sur toute la ligne.

Mais j'ai beau courir vite, j'ai beau m'éloigner, ses paroles me poursuivent. Son visage me provoque toujours. Et quand je fermerai les yeux pour dormir ce soir, je sais que ce sera dans mes cheveux que son poing sera enfoncé. Pas dans ceux d'Adriana. C'est moi qui serai agenouillée face à lui. Pas elle.

~

Cole

— Laisse-la. Elle est à moi.

Adriana me postillonne au visage, et ses yeux me lancent des éclairs. Je réalise que Bailey court un véritable danger, le genre de danger dont une humaine aurait du mal à se remettre.

Le genre de danger qui laisse des cicatrices et nécessite un voyage aux urgences.

— Fous la paix à l'humaine, ordonné-je.

Adriana reste bouche bée, furieuse, quand j'injecte mon autorité d'alpha dans ma voix.

— Tu défends *ça*, maintenant ?

Elle appelle Bailey *ça*, comme si être humaine faisait d'elle une moins que rien. Bon sang, tout le monde nous regarde. Nous écoute. Attend ma réponse.

J'ai envie de leur dire que Bailey est sous ma protection. J'ai beau vouloir lui pourrir la vie, je ne veux pas qu'elle se fasse agresser. Et c'est uniquement pour cela que je ressens un instinct protecteur aussi féroce, presque violent. Mais si j'admets qu'elle est sous ma protection, tout le monde croira qu'elle me plaît. Je suis déjà assez gêné comme ça que mes amis sachent que j'ai envie de coucher avec une humaine. Je n'ai pas envie que toute l'école me croie amoureux.

— Non, mais je ne pense pas qu'elle vaille la peine de recevoir un avertissement de l'Alpha Green et du conseil.

— C'est la seule raison ?

— Bien sûr, ma belle, murmuré-je d'un ton de conspirateur. Tu crois vraiment que je voudrais cette garce quand je peux t'avoir toi ? La reine du lycée ?

Ces mots parviennent à retenir son attention. J'attire son visage vers le mien et ajoute :

— Merci de m'avoir aidé à l'emmerder. Tu as vu sa tête ?

Je ne sais pas pourquoi partager ma satisfaction avec Adriana m'écœure, mais c'est le cas.

Peu importe. Ça a marché. Un sourire fend lentement ses joues.

— Oui, j'ai vu, répond-elle.

Elle fait traîner le dernier mot tout en glissant le doigt le long de ma clavicule.

Je serre les dents et la récompense d'un baiser, avec la langue, devant tout le monde.

C'est cruel de ma part de me servir d'Adriana, mais c'est elle qui a commencé à m'utiliser. Ce n'est pas parce qu'on nous a nommés roi et reine – *quels titres ridicules* – que nous sommes obligés de rallumer la flamme.

Et d'ailleurs, il n'y a jamais eu de flamme à proprement parler. Je me suis toujours félicité de l'avoir évitée. Nous avons couché ensemble une fois, pendant une fête sur la mesa. Nous avions bu, même si l'alcool a moins d'effets sur les métamorphes que sur les humains, sauf pendant la pleine lune.

Et c'était la pleine lune.

Nous avions les hormones en folie.

Les jeunes se transformaient, couraient et se déshabillaient partout. Nous faisions les choses à fond.

C'est un terrain dangereux pour les adolescents métamorphes. Les jeunes hommes sont d'ailleurs encouragés à évacuer leur désir en dehors de la meute, avec des humaines.

Déjà, aucun adolescent n'est assez alpha pour oser affronter papa loup et en subir les conséquences. Les pères sont extrêmement protecteurs avec leurs filles, dans cette ville. Et il est hors de question d'en mettre une enceinte. Dans ce cas, tout espoir de trouver sa véritable compagne s'envole. En cas de grossesse, on reste lié à jamais, qu'on le veuille ou non.

C'est ce qui est arrivé à mes parents. Ou en tout cas, c'est ce que ma mère m'a raconté avant de nous abandonner.

Alors ouais. Après ce qui s'était passé, je n'avais pas dormi pendant un mois, jusqu'à ce qu'Adriana me dise que nous avions évité le pire.

Et depuis, il ne s'est plus jamais rien passé entre nous.

Je sais qu'elle aussi se fiche complètement de moi ; son but, c'était simplement de se donner en spectacle pour booster sa popularité après le couronnement.

C'est pour ça que je l'ai utilisée pour troubler Pink.

Et elle a rosi, comme sa mèche. Une jolie teinte qui a envahi ses joues pâles et fait ressortir ses yeux noirs. Je parie que si elle avait été plus près de moi, j'aurais pu sentir son excitation, comme dans le salon de tatouage.

J'ai envie de la prendre sauvagement.

Et ce n'est pas seulement mon désir de vengeance qui parle.

Non, un désir brûlant monte entre nous à chacune de nos interactions.

La voir rougir – la punir grâce à l'humiliation de son propre désir – me fait bander.

Et je n'ai pas l'intention de renoncer, car ça fait très longtemps que je n'ai pas ressenti le moindre plaisir.

Pas depuis bien avant le licenciement de mon père.

Avant qu'il se mette à boire.

Depuis... depuis le départ de ma mère, quand mon père

s'est réfugié dans l'alcool. Depuis la descente aux enfers de ma famille, une douleur me transperce le cœur. À chacun de mes gestes, chacun de mes actes, chacune de mes pensées, cette douleur est présente.

Mais cette chaleur que Pink provoque chez moi ? Elle chasse une partie de ma douleur. Elle l'atténue. Non... elle la transforme ;

La colère et la rébellion bouillonnent toujours en moi, mais quand je m'approche d'elle, je ressens le même enthousiasme qu'à la pleine lune. La perspective d'obtenir quelque chose de sombre et satisfaisant si je suis mon envie de la punir en la revendiquant pleinement.

Comme elle est humaine et que je suis naturellement bien plus fort qu'elle – même si elle ne le réalise pas –, je suis excité à l'idée de pouvoir la dominer sans aucune peine.

— Salut, les jeunes, nous salue le grand frère de Beau en passant devant nous avec des amis à lui.

C'est un ancien élève de Wolf Ridge. Il est diplômé depuis deux ans et travaille au garage de son oncle, où Bo et moi bossons le week-end.

C'est un con.

Il regrette les années lycée. Il se la pète, avec son pack de six dans chaque main.

— Pas mal, le match, mais tu aurais pu te donner un peu plus à fond pendant la première mi-temps.

Il coince l'un des packs sous son bras et en sort des cannettes, qu'il lance aux joueurs.

Comme nous jouons contre des humains, notre défi consiste à donner l'impression que nos victoires sont naturelles. À perdre de temps en temps pour faire passer nos retours spectaculaires pour des coups de génie. Ou des coups de chance.

C'est bête, mais ça divertit toute la ville. Les métamorphes sont des créatures physiques. Nos prouesses physiques sont glorifiées. Notre agressivité est respectée. Les punitions corporelles sont la norme. Quand on insulte quelqu'un, on en ressort blessé. Et ce n'est pas bien grave, parce que le lendemain, on est déjà guéris.

Mais quand même, Winslow et ses potes sont dangereux, surtout quand ils ont bu, et nous baissons tous les yeux et acquiesçons au cas où ils seraient d'humeur à se battre.

— Bon, où sont les pom-pom girls ? demande Ben, un ami de Winslow.

Il est ivre mort. Il jette Adriana sur son épaule.

Merde.

— Bonne idée. J'en prends deux, renchérit le grand frère de Bo avec un ricanement en jetant une fille sur chacune de ses épaules.

Elles hurlent et se débattent. Certaines gloussent. Mais Adriana semble vraiment lutter. Marcy aussi, j'ai l'impression, mais je n'en suis pas sûr.

Bo et moi échangeons un regard, mal à l'aise.

Nous ne pouvons pas tenir tête frontalement à ces connards. Ils sont plus grands et plus forts que nous. En plus, ils se croient tout permis parce qu'ils sont plus vieux que nous, alors la moindre insolence de notre part sera perçue comme une volonté de changer la structure de la meute, ce qui fait toujours ressortir les instincts les plus violents de certains. Quand on mélange tout ça avec l'alcool, le résultat n'est pas joli à voir.

— Hé, Ben, t'as vu le match des Sun Devils, la semaine dernière ?

Il se tourne pour me regarder, arrachant un cri à Adriana. Elle agite les jambes et lui donne des coups de poing dans le dos, mais il ne semble pas s'en rendre compte.

— Ouais, je l'ai vu, et alors ?

Je réfléchis à toute vitesse, tentant de me souvenir d'un détail intéressant.

— Ce Gary Jones a du potentiel, tu ne trouves pas ?

Ça fonctionne.

Ben repose Adriana pour s'approcher de moi.

— Gary Jones ? Tu déconnes ? Il a aucun talent.

Adriana jette des regards noirs dans son dos alors qu'il se lance dans une explication sur les meilleurs joueurs de l'équipe.

Au bout de quelques secondes, Winslow oublie à son tour les filles qu'il a ramassées et les laisse tomber sans cérémonie pour se joindre à notre conversation.

Bo vient resserrer les rangs et renforcer cette discussion sportive.

Le reste du groupe se disperse, tentant de ne pas laisser paraître qu'ils partent chercher un endroit plus agréable – et plus discret – pour faire la fête.

Bo et moi continuons d'entretenir la conversation, nous sacrifiant pour le groupe.

Je secoue la tête. Ce n'est pas la première fois que nous jouons cette petite scène.

Putain de vie en meute.

CHAPITRE QUATRE

Bailey

Le cours de journalisme – celui où je suis assise à côté de Cole – devient une source de stress et d'impatience au cours de la semaine qui suit. Avant, c'était mon cours préféré. C'est peut-être toujours le cas, je ne sais pas trop. Mr. Brumgard m'aime bien. Il prend toujours le temps de me parler. J'aime penser que c'est à cause de l'intérêt que j'accorde à sa matière et parce que je suis une très bonne élève, pas parce qu'il a pitié de moi. Pas parce qu'il voit à quel point les autres élèves m'excluent, me rejettent.

Mais désormais, je pense à ce cours toute la journée, j'ai des sueurs froides avant d'entrer en classe et des frissons dès que Cole apparaît dans mon champ de vision.

Je ne le regarde jamais droit dans les yeux.

Je ne veux pas attirer son attention davantage.

Enfin non, c'est faux. Je rêve toujours qu'il me parle. Ou qu'il me montre de l'intérêt.

Et il le fait.

Il me montre de l'intérêt.

Je sens ses regards brûlants pendant chaque cours, mais il ne m'a toujours rien dit et il n'entame pas la conversation.

Et aujourd'hui, c'est la même chose. Ses longues jambes se trouvent entre nous dans l'allée, tendues vers moi et mon bureau, nonchalamment croisées aux chevilles. Je suis persuadée qu'il fait exprès d'empiéter sur mon espace. J'essaye de ne pas faire les yeux ronds en voyant la taille de ses chaussures, mais bon sang... elles sont énormes. Il dépasse déjà allègrement le mètre quatre-vingt, et je parie qu'il n'a pas fini de grandir.

Il agite le pied d'avant en arrière comme s'il savait que je le regardais.

— J'espère que vous avez jeté un œil à ce que je vous ai demandé d'étudier, dit Brumgard en posant des feuilles retournées sur nos bureaux.

Les élèves râlent en réalisant qu'il s'agit d'une nouvelle interro surprise.

J'ai lu ce qu'il fallait, alors je ne m'inquiète pas, mais je ne peux m'empêcher de jeter un regard à Cole.

Grossière erreur. Il me fixe avec ses yeux incroyablement sombres.

Il se contente de me regarder. Je n'arrive pas à lire son expression.

Puis il lève légèrement le menton.

Une question.

Je secoue la tête.

Il a un petit sourire en coin, comme si mon insolence l'amusait. Comme s'il savait que je céderais et que je l'aiderais.

Je me tourne de nouveau vers l'avant de la salle, sans cesser de secouer la tête.

— Vous pouvez commencer, dit Brumgard.

Je retourne ma feuille, et cette fois, je commence par

écrire mon nom tout en haut. Je ne me ferai pas avoir deux fois.

Les réponses sont faciles pour qui a lu ce qui était demandé par le professeur, et je mets moins d'une minute à cocher les cases.

Puis je gribouille sur ma feuille.

J'observe les défauts de mon bureau. Les taches d'encre, les lettres gravées, les égratignures.

Je lève les yeux vers Brumgard, qui se déplace dans la pièce. J'ignore pourquoi il ne reste pas assis à son bureau, d'où il pourrait voir toute la classe en même temps. À croire qu'il nous encourage à tricher.

Eh puis merde, je cède et jette un regard à Cole.

Il hausse un sourcil.

Mon cœur se met à battre plus vite. Mais après tout, mon pouls s'est accéléré dès que nos regards se sont croisés.

Ne fais pas ça.

Ne fais *surtout* pas ça.

Les yeux braqués sur le dos de Brumgard, je tourne ma feuille sur le côté pour que Cole voie les réponses.

Franchement, je suis complètement stupide, aujourd'hui. Suis-je vraiment prête à mettre mon avenir en péril, tout ça pour que Cole arrête de me détester ? À mettre en péril ma relation avec le professeur avec qui je m'entends le mieux ?

Une vague de nausées me monte à la gorge, et ma feuille commence à s'agiter. Ce qui veut dire que Cole voit très bien à quel point ma main tremble.

Quel con.

Non, c'est moi qui suis conne. Je choisis de risquer mes notes, ma réputation et les lettres de recommandation que je compte demander. Tout ça dans l'espoir que mon alpha-bruti de voisin m'adresse un nouveau sourire en coin.

Ridicule.

Brumgard nous signale que le temps est écoulé et ramasse les interros. Je réussis à ne pas regarder Cole. C'est une épreuve de tous les instants, mais je parviens à tenir pendant le reste du cours sans céder.

Après la sonnerie, j'attends près du bureau de M. Brumgard avec mon dossier plein de formulaires de recommandation.

— Mr. Brumgard ?

Il jette un œil à mon dossier et tend la main pour le prendre, un sourire au visage.

— Bonjour. Ce sont des formulaires de recommandation pour la fac, dis-je.

Il hoche la tête, et plisse les yeux avec une expression chaleureuse.

— Je serai ravi de t'écrire une lettre de recommandation, Bailey. Ecoute, j'ai réfléchi... pour le journal étudiant.

Nous n'avons pas de journal étudiant au lycée Wolf Ridge. Au début de l'année, j'ai demandé à M. Brumgard s'il voulait bien diriger un club de journalisme, mais il m'a dit que personne ne voudrait y participer. Les seules activités que les élèves pratiquent après les cours sont des sports.

Je suis parfaitement consciente que Cole est toujours dans la classe et fait mine de lacer ses chaussures. À mon avis, il veut s'assurer que je ne le dénonce pas pour l'interro.

— Oui ? dis-je.

— Vous êtes toujours intéressée ?

Je m'illumine. C'est la première bonne nouvelle que l'on m'annonce dans ce lycée.

— Bien sûr.

— Je peux demander à la classe d'écrire des articles pendant les cours. Et vous pourriez rester avec moi après les cours pour les mettre en forme. Qu'est-ce que vous en pensez ?

— J'adorerais.

Pour la première fois depuis mon arrivée à Wolf Ridge, une activité scolaire m'enthousiasme. Enfin un défi. Un but à atteindre.

— Super. Alors venez dans mon bureau après les cours pour que l'on commence à planifier les choses.

— Aujourd'hui ? Ah, d'accord. Oui, très bien.

Je me demande comment je vais faire pour rentrer chez moi après le départ du bus, mais je trouverai bien un moyen. Ce journal, c'est important.

Je tourne les talons et percute Cole, qui traîne derrière moi.

— Vous avez besoin de quelque chose, Cole ? lui demande Brumgard.

— Ouais, je veux vous parler de devoirs supplémentaires. Vous savez, pour faire monter mes notes en prévision...

— Du match de samedi ?

Brumgard pousse un soupir exaspéré.

Je quitte la classe avant d'entendre le reste de la conversation, mais je suis persuadée que Cole se fiche complètement de ses notes. Il voulait seulement s'assurer que je n'étais pas en train de le balancer.

Ce que j'aurais sans doute dû faire.

Je me demande pourquoi je veux aider Cole alors qu'il fait tout pour me mettre des bâtons dans les roues.

Je frotte le tatouage à l'intérieur de mon poignet. Quelque part, tout est lié à cette tragédie. Ma culpabilité envers Catrina se transforme en besoin de me racheter auprès de Cole. Ça n'a aucun sens, mais avec Cole Muchmore, mon bon sens semble s'envoler.

~

Bailey

Après les cours, je rejoins M. Brumgard dans sa classe. Il m'accueille avec un sourire.

— Entrez, Bailey.

Il tire une chaise à côté de lui, derrière son bureau.

— Asseyez-vous.

Je m'installe, luttant contre ma gêne face au fait de travailler en lien direct avec un adulte. Ce projet m'enthousiasme, mais il me rend également nerveuse.

M. Brumgard me sourit.

— Je suis content que créer un journal étudiant vous intéresse, Bailey. Je trouve que c'est une super idée.

Je me mordille la lèvre inférieure et hoche la tête.

— Wolf Ridge a une drôle de culture, comme vous l'avez sans doute remarqué. Le sport est très valorisé, contrairement aux activités intellectuelles. Vous êtes d'ailleurs l'une des rares élèves à vouloir aller à l'université. Le taux de diplômés est plutôt bon, ici, mais moins de dix pour cent des gens poursuivront leurs études. Et personne ne quittera Wolf Ridge.

— Oui, j'ai remarqué, réponds-je. Mes collègues de ma mère lui ont conseillé de m'inscrire à Cave Hills, mais je ne conduis pas, et c'est loin.

Brumgard me dévisage.

— Oui, Cave Hills aurait été un bien meilleur choix pour vous. Mais bon, l'avantage, c'est qu'ici, vous aurez de bonnes chances de sortir major de promo. Vos notes au premier trimestre vous placent en tête de la classe de terminale.

Une vague de plaisir me réchauffe le cœur. Je sais que je suis un peu intello, mais la réussite scolaire a toujours été mon truc. Ma mère dit que je tiens ça de mon père, qui est mort en Afghanistan quand j'étais bébé, mais je crois que je tiens aussi ça d'elle. Elle m'a appris à travailler dur et à mériter mes récompenses. Je sais que pour la plupart des jeunes, ce n'est pas drôle du tout, mais pour moi, ça compte énormément.

Brumgard me touche l'épaule. Je ne fais pas attention au frisson désagréable que cela provoque chez moi.

— Je vois bien que vous avez du mal à vous intégrer, Bailey. Je veux que vous sachiez que ma porte vous est toujours ouverte, si vous avez besoin d'un ami.

Ses paroles sont pleines de gentillesses. C'est sans doute ce que je voulais entendre, mais sans savoir pourquoi, il ne me paraît pas sincère. Comme s'il tentait de me manipuler pour obtenir quelque chose.

Mais ça n'a aucun sens.

— Honnêtement, parfois je me demande si les familles de Wolf Ridge ne font pas partie d'une communauté religieuse. Des mormons, peut-être, dit Brumgard.

Je lui jette un regard incertain en repensant au père de Cole, que je ne vois jamais sans une bière à la main.

— Avec la majeure partie de la population employée par une brasserie ? Ça m'étonnerait, réponds-je.

Les mormons ne boivent pas d'alcool.

— Une secte, alors.

Ah, une secte.

La ville ne me paraît pas particulièrement religieuse, mais il y a effectivement une ambiance sectaire. Mes bras se couvrent de chair de poule.

Est-ce pour cela que l'on me met à l'écart à ce point ? Parce que je ne suis pas membre de la secte ?

Mais, de quel genre de secte pourrait-il s'agir ? Un culte du sport ?

J'émets un petit bruit évasif.

— Enfin bref, reprend-il. Je voudrais que vous déterminiez quel genre d'articles vous voulez faire apparaître dans la première édition du journal, et que vous notiez vos idées au tableau. On pourra les passer en revue ensemble, et demain, je les distribuerai à la classe.

Je me lève de ma chaise, contente de m'éloigner de Brumgard. J'ai déjà des idées d'articles, même si je ne suis pas sûre d'en trouver trente, une pour chaque élève de la classe.

Je prends un marqueur et commence à noter mes idées. Je propose un jeu « le prof de la semaine », qui donnerait des indices sur un professeur sans révéler son identité. Les étudiants pourraient envoyer leur réponse dans l'espoir de gagner un prix. Une couverture de tous les sports. Ça, ça devrait être facile, et cela pourrait même constituer l'essentiel du journal si je ne trouve pas assez d'idées. Un article sur les clubs. Des reportages sur les événements passés ou futurs, comme le roi et la reine du lycée, le bal de ce week-end, tout ça.

Je continue pendant trois quarts d'heure de noter mes idées au tableau. Quand je suis à court d'inspiration, Brumgard fait pivoter sa chaise et passe tout en revue.

— Venez-là et expliquez-moi chacun de vos choix, me demande-t-il en me faisant signe d'approcher.

Plus tard, je me demanderais pourquoi j'ai été si bête. Une sonnette d'alarme résonne dans ma tête, mais je ne lui accorde pas d'importance.

Je trottine sagement vers lui et me place à côté de sa chaise pendant que je lui explique mes raisons pour chaque choix d'article.

Et c'est là que ça se produit.

C'est tellement inattendu que je ne comprends pas tout de suite ce qui m'arrive.

M. Brumgard fait glisser sa main à l'intérieur de ma

cuisse.

Je me fige. Je suis glacée et en feu à la fois. Mon estomac se serre, et j'ai du mal à respirer.

Plus tard, je regretterais de ne pas avoir réagi.

De ne pas lui avoir cassé la gueule. De ne pas m'être éloignée immédiatement. De ne pas avoir hurlé « Me touchez pas, putain ! ».

Mais je ne fais aucune de ces choses.

Je reste figée pendant que sa paume moite monte jusqu'à mon entrejambe et qu'il passe les doigts sur ma culotte.

Mon cerveau est complètement déconnecté. Le gouffre est trop grand entre ce qui *devrait* se passer et ce qui se passe *vraiment*. La pièce se met à tourner.

Je vais vomir.

Quand il glisse ses doigts dans ma culotte, je me raidis comme une planche.

Les contours de mon champ de vision noircissent et se réduisent à un simple point sur le bureau.

Cole

Après l'entraînement, je fourre mon sac de sport et mon sac à dos dans le pick-up. Casey n'est pas là. Elle m'a envoyé un texto pour me dire qu'elle travaillait sur un devoir avec Stacy, mais quelque chose me turlupine.

Mes sens de loups se manifestent.

Je renifle l'air.

Rien.

Je jette un regard vers le lycée. La lumière est toujours allumée dans la classe de Brumgard.

Foutue Bailey. Elle est là-bas, à jouer les lèche-cul et à bosser sur son idée de journal. Mon instinct me travaille-t-il parce qu'elle est en train de me dénoncer pour l'interro ?

Toujours partant pour contrecarrer ses plans, je claque la portière du pick-up et retourne au lycée. Brumgard m'a demandé de passer chercher mes devoirs notés pour les retravailler, alors j'ai l'excuse parfaite pour débarquer.

La plupart des portes extérieures sont fermées à clé, à cette heure, mais j'en trouve une toujours ouverte et traverse les couloirs en courant, soudain pressé par mon instinct.

Quand j'ouvre la porte de la classe, je ne m'attends pas du tout à tomber sur une scène pareille.

En fait, c'est l'odeur qui me frappe en premier : la fragrance salée des larmes, et derrière elle... de la peur. De la honte. De la colère.

Ensuite, ma vue prend le relais. Brumgard a glissé sa main sous la jupe de Bailey. Pink semble figée, sous le choc. Elle est blanche comme un linge et à l'air sur le point de vomir.

Alors je pète les plombs. Je traverse la pièce à toute allure pour parcourir la distance qui nous sépare.

Un coup de poing – avec ma force de métamorphe –, et la tête de Brumgard est projetée en arrière, son nez en sang. La chaise sur laquelle il est assis tombe en arrière et heurte le mur.

Je suis prêt à le frapper à nouveau. Je suis même prêt à le tuer, mais Bailey sort de sa torpeur, ramasse son sac à dos et fuit la pièce.

— Bailey ! m'écrié-je.

Je suis tiraillé entre le besoin de punir ce connard, qui l'a tripotée sans son consentement, et mon envie de suivre Bailey pour m'assurer qu'elle aille bien.

Je pointe un doigt accusateur sur Brumgard.

— Vous touchez encore à elle ou à une autre élève et vous êtes mort. Compris ?

Notre professeur pousse une espèce de gémissement, avachi au sol, le visage ensanglanté. Sa nuque ne semble pas brisée, mais je l'ai frappé tellement fort que ça aurait pu arriver. Il a de la chance d'être en vie. Il a de la chance que je le laisse vivre.

Je sors de la pièce et me mets à courir.

Je ne vois Bailey nulle part.

Merde !

Je prends la première sortie et fouille le parking des yeux. Je ne la vois toujours pas. Je cours jusqu'à mon pick-up, saute à son bord et démarre, puis je fais le tour de l'école.

Je la vois derrière l'établissement, en train de courir.

Je freine dans un crissement de pneus et m'arrête à côté d'elle.

— Bailey ! Monte.

Elle m'ignore. Elle sanglote tellement fort en courant que je suis surpris qu'elle puisse voir où elle met les pieds.

Je me penche pour ouvrir la portière passager, puis j'appuie sur l'accélérateur pour tenir la distance.

— Bailey, attends ! Monte, je te reconduis chez toi.

— Laisse-moi tranquille !

Je mets le pick-up au point mort et j'enclenche le frein à main, avant de bondir hors du véhicule. Je l'attrape par-derrière quand elle trébuche contre une fissure du trottoir, et je la soulève. Elle se débat dans mes bras, me roue de coups.

— Hé, tout va bien, Bailey.

— Ferme-la, Cole.

— D'accord, je la ferme. Mais monte dans ce putain de pick-up.

Je mets toute mon autorité d'alpha dans ces mots, même si elle n'est pas métamorphe.

Quelque part, les humains y sont sensibles.

Ça fonctionne.

Elle arrête de se débattre et s'essuie les yeux du dos de la main.

— D'accord, dit-elle.

Si je n'étais pas aussi perturbé par ce que je viens de voir, je me réjouirais de cette petite victoire. Tout comme je me suis réjoui qu'elle me montre les résultats de l'interro ce matin.

Elle se rend à moi, même si sa raison lui dit de ne pas le faire.

Je reste derrière elle au cas où elle déciderait de se remettre à fuir, mais elle monte à bord et claque la portière, avant de garder les yeux fixés droit devant elle.

Je remonte dans mon siège et démarre. Et maintenant ? J'avais voulu retrouver Bailey, mais je n'avais pas pensé plus loin.

Le principal a déjà quitté l'établissement. Nous pourrions aller le voir demain. Mais ça ne peut pas attendre.

Je lève le pied sur l'embrayage et m'engage sur la route.

— Ça va ? demandé-je.

C'est une question bête. Évidemment que ça ne va pas.

— On ne peut mieux, réplique-t-elle d'une voix cassante.

Je me frotte la nuque. Elle ne va pas bien du tout. Je sens sa peur et sa honte.

— N'aie pas honte, lui dis-je d'un ton autoritaire, d'une voix ferme. Tu n'as rien fait de mal. Tu le sais, hein ?

Elle garde le silence un moment.

— Je me sens tellement sale.

Sa voix est de nouveau pleine de larmes.

— Ouais, mais ce n'est pas toi qui es sale. C'est lui.

Après ces mots, je me tais. Elle n'a pas besoin de me parler. Elle a besoin d'une amie.

Mais je ne veux pas la perdre de vue avant que nous ayons discuté.

En plus, Brumgard doit être chassé de la ville. Je me gare devant le commissariat, et Pink se raidit.

— Qu'est-ce qu'on fait là ?

— On va aller là-dedans pour leur raconter ce qui s'est passé et leur dire que tu veux porter plainte.

Elle secoue la tête ; des larmes se remettent à rouler silencieusement sur ses joues.

Eh merde. Je savais bien que ça ne serait pas si facile.

— Pourquoi ? demandé-je.

Elle enroule la sangle de son sac à dos autour de sa main.

— Je ne suis pas prête. Il faut que je réfléchisse. Je veux rentrer chez moi.

Merde. Ce n'est pas une bonne idée. Il faut empêcher Brumgard de nuire. S'il a tenté le coup avec Pink, il l'a sans doute déjà fait, et il recommencera.

— Tu ne peux pas le laisser s'en tirer comme ça, Bailey. Le dénoncer est la bonne chose à faire. Et ça sera facile. Tu as un témoin. Combien de filles peuvent en dire autant ? Il sera condamné sans problème.

Elle ne répond pas, mais je sens sa résistance et son désespoir, une odeur de pneu brûlé. Je ne veux pas être la cause de cette odeur.

— Tu n'es pas seule. Je t'accompagnerai tout du long. Je leur raconterai ce qui s'est passé. Tout ce que tu as à faire, c'est porter plainte.

— Je ne peux pas, Cole. Enfin, je vais y réfléchir. Je sais que tu as raison, mais je ne peux pas affronter ça maintenant.

Je suis déjà la fille bizarre du lycée. Je ne veux pas être rejetée encore plus.

Merde. Ça, c'est ma faute.

Je pousse un juron et redémarre. C'est à elle de choisir.

Je ne peux pas la raccompagner chez elle, cependant. Au lieu de cela, je fais le tour de la mesa, jusqu'à un endroit où j'aime aller quand j'ai besoin de m'évader. Je me dis que Pink a sans doute besoin de réfléchir, là.

Je prends un chemin de terre et me gare sur un parking abandonné envahi par les créosotiers.

— On est où ?

— Viens, je vais te montrer.

Pendant un instant, je me demande si je n'ai pas commis une erreur en l'emmenant ici. Elle vient tout juste de se faire agresser sexuellement par un professeur, et je ne veux pas qu'elle pense que j'ai moi aussi de mauvaises intentions. Mais je ne sens aucune peur chez elle. Tout de même, ce n'est que quand elle ouvre la portière et bondit hors du pick-up que je me détends.

Son visage devient plus doux alors qu'elle regarde autour d'elle.

Nous nous faufilons à travers un long tunnel formé par une bonne dizaine d'arbres palo verde touffus qui débouchent sur une clairière délimitée par la paroi d'un canyon haut d'une quinzaine de mètres.

— C'est quoi cet endroit ? demande-t-elle d'un ton émerveillé.

La structure en pierre de ce qui avait autrefois servi d'abri à pique-nique se trouve dans un coin, son toit écroulé ou détruit depuis bien longtemps. Une énorme table en bois se trouve toujours à l'intérieur, ses planches gravées d'une centaine d'initiales.

Je ne sais pas pourquoi j'aime autant cet endroit. Sans

doute son côté ruines modernes. Ou le fait qu'il soit caché au milieu des peupliers, des mesquites et des palo verde. La façon dont il est protégé par le canyon secret.

Aucun humain n'y vient plus, désormais. Cet endroit n'apparaît sur aucune carte. L'Alpha Green s'est arrangé pour que la meute achète ce parc à la ville de Wolf Ridge il y a des années.

— C'était une aire de jeu ? me demande Bailey en regardant la balançoire, le tourniquet et les tape-culs rouillés.

— Oui. Très ancienne. Elle n'est plus utilisée depuis les années soixante-dix. Je ne sais pas pourquoi ils n'ont pas enlevé les équipements. C'est sans doute vachement dangereux.

Je me laisse tomber sur l'une des balançoires pour lui prouver que j'aime prendre des risques.

Elle s'assoit sur la balançoire voisine et pousse sur ses pieds pour tourner de gauche à droite.

Je descends de la mienne et la prends par la taille pour la tirer en arrière.

— Vous n'avez peut-être pas ça dans le Colorado, dis-je d'un air faussement sérieux, mais on peut se *balancer* avec.

Je pousse sur ses hanches, l'envoyant haut dans les airs.

Elle pousse un cri, puis éclate de rire.

— Bon sang, tu as de la force.

Oups. Je me promets de mettre un frein à ma force de métamorphe.

Nan, tant pis. Pourquoi ne pas faire un peu le malin ?

Je la pousse à nouveau, et elle monte si haut que les chaînes sont parallèles au sol.

Elle hurle quand ses fesses se soulèvent avant de retomber sur le siège.

Je ris.

Nous continuons ainsi un moment. Je la pousse, et elle

vole dans les airs, accrochée de toutes ses forces. Je n'avais pas prémédité tout ça, mais maintenant que nous sommes ici, je suis content. Ça me paraît naturel.

Au bout d'un moment, j'arrête de la pousser et laisse la balançoire s'immobiliser petit à petit. Je me dirige vers le tourniquet.

— Tu en as déjà fait ? m'enquiers-je.

Elle secoue la tête.

— Ça ne me surprend pas. C'est devenu illégal bien avant notre naissance. C'est trop dangereux. Et tous ces bouts de métal ? Je parie que les gamins des années soixante-dix se finissaient brûlés au troisième degré tous les étés.

— Oh là, là, tu as raison. Il fait beaucoup trop chaud dans l'Arizona pour les jeux en métal.

Elle descend de sa balançoire dans un bond et vient me rejoindre.

Je lui tends la main pour l'aider à monter sur l'espèce de soucoupe de métal instable.

— Prête ?

— Pas sûre, répond-elle, mais elle a un petit sourire aux lèvres.

Je suis tellement soulagé de voir cette expression sur son visage que je souris à mon tour.

J'ai oublié notre animosité respective. Mon besoin de la punir. Non que je ne veuille plus la soumettre... j'en ai toujours envie.

Mais quand j'y parviendrai, je veux qu'elle aille bien.

— Accroche-toi, l'avertis-je avant de commencer à pousser.

Le métal est rouillé, alors le tourniquet met un moment à bouger, mais une fois en mouvement, je mets ma force de métamorphe à contribution pour nous faire tourner à toute vitesse.

Bailey pousse un cri, ses cheveux noirs agités autour de sa tête, ses yeux écarquillés.

J'ai envie de l'embrasser.

Je ne le ferai pas. Pas aujourd'hui. Surtout après ce qu'elle vient de vivre. Mais j'ai envie de posséder cette bouche boudeuse. J'ai envie de goûter ces lèvres et de glisser ma langue entre elles.

Mais avec son consentement.

Mes poings se serrent quand je repense à Brumgard. Je regrette déjà de ne pas l'avoir tué.

— Laisse-moi descendre, laisse-moi descendre, gémit Pink.

Je m'agrippe à l'une des barres et cours avec le tourniquet jusqu'à ce qu'il s'arrête. Bailey se tient le ventre comme si elle allait vomir.

— Désolé. Ça faisait trop ?

Je lui pose une main dans le dos et sens un frisson la parcourir. À moins qu'il s'agisse du courant électrique qui vient de me traverser la main.

Soudain, tout chez elle me frappe : son souffle court, son odeur de miel et de cannelle, les mèches de cheveux qui lui tombent sur le visage.

Je les lisse, et elle lève les yeux vers moi.

— Pourquoi est-ce que tu es aussi gentil avec moi aujourd'hui ? me demande-t-elle.

Son regard vulnérable me fend le cœur. Quelque chose me serre la poitrine. La culpabilité, peut-être. Ou autre chose. Je me plonge dans ses iris d'un brun chaud et admire les paillettes d'or qui s'y trouvent. Je suis obligé de détourner le regard.

— Je ne sais pas, réponds-je.

Je suis honnête. Je suis incapable d'expliquer pourquoi je suis soudain passé de bourreau à protecteur. Et je sais que ça ne durera pas. Je la ramènerai chez elle, et demain quand nous nous réveillerons, nous serons de nouveau ennemis.

Et je refuse d'admettre que c'est en partie pour ça que je ne l'ai pas encore ramenée chez elle.

Je fourre les mains dans mes poches pour ne pas être tenté de la toucher.

— Écoute, ce qui s'est passé à l'école, dis-je en montrant la direction de notre lycée, c'est tes affaires. Je n'en parlerai à personne, sauf si tu me le demandes. Quoi que tu veuilles faire, je le respecterai.

— Merci.

J'entends le soulagement dans sa voix, et je sais que j'ai dit ce qu'il fallait.

— Je témoignerai si tu décides de porter plainte. Ou si tu veux aller voir M. Olsen pour le faire virer. Sinon, je ne dirai rien à personne. Si tu ne veux pas que tout le monde soit au courant, je comprends.

Ses yeux s'embuent à nouveau. Quand une larme s'en échappe et roule sur sa joue, je l'essuie du bout des doigts.

— Mais je ne veux pas que tu te sentes obligée de le cacher. Tu as beau penser que tu es une victime, c'est toi qui as le pouvoir, maintenant.

L'énergie qu'elle dégage devient plus calme. J'entends presque sa pancarte de victime tomber au sol.

— Comment ça ? me demande-t-elle.

Je libère mon sourire diabolique.

— Ce que je veux dire, expliqué-je avec lenteur, savourant la perspective d'une vengeance, c'est que si tu ne vas pas voir la police, Brumgard est à ta merci. Tu peux sécher tous ses cours et exiger qu'il te donne des notes parfaites, et il le fera. Tu peux lui demander d'écrire tes lettres de motivation pour la fac à ta place. Le forcer à te nommer pour les prix remis en fin d'année.

Elle lève les yeux au ciel.

— Ça, c'est ce que *toi* tu ferais si tu étais à ma place.

Mon sourire s'élargit.

— Carrément. Et c'est ce que tu devrais faire. Bien sûr, si tu n'es plus en cours pour m'aider avec les interros, ça ne m'arrange pas. Je ne t'ai jamais remerciée, au fait.

Elle hausse les sourcils, puis s'empourpre.

Putain, *j'adore* quand elle rougit. Je retombe immédiatement dans mon rôle de bourreau. Je donne une petite pichenette dans son lobe d'oreille.

Elle recule brusquement la tête.

— Va te faire foutre, Cole.

— J'en ai bien l'intention, Pink, répliqué-je d'une voix basse et sensuelle.

Elle rougit de plus belle et me pousse, avant de tourner les talons et de regagner le pick-up d'un pas raide.

Je ris et la suis.

Elle bondit sur son siège et croise les bras sur la poitrine. Comme si ça pouvait la protéger face à moi.

Je monte derrière le volant et démarre.

— Je vais quand même te dire une chose, Pink.

Mon ton grave la pousse à se tourner vers moi. Ça me plaît, qu'elle me cerne déjà aussi bien, qu'elle sache quand je suis sérieux ou que je déconne.

— Si tu racontes quoi que ce soit aux parents d'élèves de Wolf Ridge, des pères en colère se pointeront au lycée pour botter le cul de Brumgard et le chasser de l'école. Je te le garantis. Alors je dis ça comme ça... c'est une possibilité, si c'est ce que tu veux.

Je n'ai aucun doute là-dessus. Bailey ne fait pas partie de la meute, mais c'est une élève de notre lycée. Tous les pères comprendraient immédiatement que leurs filles auraient pu être prises pour cible, et ils chercheraient à se venger. Brumgard a beau être humain, ils lui feraient payer son geste. Et je suis certain que l'Alpha Green fermerait les yeux sur les règles de la meute que ces justiciers enfreindraient.

Bailey frotte son tatouage. Celui qui m'intrigue.

— D'accord, c'est bon à savoir, répond-elle.

— Tu veux que je fasse en sorte que ça arrive ? Je peux le faire.

— Non, dit-elle en secouant la tête, les yeux toujours fixés sur son tatouage. Je ne sais pas. J'ai juste besoin de réfléchir. Pour l'instant, je préfère qu'on garde ça pour nous.

Elle hausse les épaules.

— D'accord, réponds-je en m'engageant sur le chemin de terre. C'est toi qui as le pouvoir.

Je regrette de lui avoir dit ça, car le regard qu'elle m'adresse et la vulnérabilité que j'y vois me perturbent plus que je n'aimerais l'admettre.

CHAPITRE CINQ

Cole se gare dans la ruelle située derrière chez nous au lieu de s'arrêter devant chez moi. Je suis sur le point de lui demander pourquoi quand je vois son père debout sur le porche de derrière. Il nous fusille du regard.

— Merde, marmonne Cole.

Son père n'a pas l'air dans son état normal. Il transpire. Il a le visage rouge. Ses cheveux et ses vêtements sont en désordre. Il a son habituelle bouteille de bière à la main.

Un frisson me parcourt les bras. Cole risque-t-il d'avoir des ennuis parce qu'il m'a raccompagnée – la fille de l'ennemie – dans son pick-up ?

— Sors, Pink, me dit-il d'une voix étranglée sans quitter son père des yeux.

Je ne me fais pas prier. Je bondis hors du pick-up et fais le tour de ma maison au pas de course et rejoindre la porte d'entrée. J'ai beau avoir l'impression d'avoir été amputée d'une partie de moi qui est restée dans le pick-up de Cole, je suis presque soulagée d'être séparée de lui de façon soudaine. Au moins comme ça, je n'ai pas besoin de trouver quelque chose à lui dire ou de tenter de déterminer quel sera l'état de notre relation demain.

Ma mère n'est pas encore rentrée, ce qui ne me surprend pas. Elle travaille toujours tard, parfois jusqu'à vingt heures, pour essayer de remettre la brasserie en conformité avec les directives.

Je sors une boîte de macaronis au fromage et mets de l'eau à bouillir. C'est alors que j'entends un bruit. Même si je sais immédiatement de qui il s'agit, je tente de me convaincre que ce n'est pas eux, que Cole et son père ne sont pas vraiment en train de crier dehors. Car la dernière fois que je les ai vus, ils étaient à l'arrière, et les voix proviennent désormais de l'avant de la maison.

J'ouvre la porte d'entrée et m'étouffe sur ma propre salive.

Une véritable bagarre est en train de se dérouler sur le trottoir. Non, pas une bagarre. Une raclée à sens unique. Le père de Cole est dessus, et son fils se couvre la tête et le visage pour tenter d'esquiver les coups. Derrière eux, Casey crie sur le porche :

— Arrête ! Papa, arrête !

Je me mets à crier à mon tour. Je ne sais pas ce que je dis. Peut-être le nom de Cole.

Son père lève les yeux et me fusille du regard. Cela laisse le temps à Cole de se dégager et de se lever.

— Rentre chez toi, me grogne son père d'une voix pâteuse, clairement sous l'effet de l'alcool.

— Cole, dis-je d'une voix rauque d'avoir trop crié.

— Rentre chez toi, Pink, me dit Cole.

Il crache un filet de sang par terre. Son père se jette à nouveau sur lui, mais Cole l'esquive.

Je cours à l'intérieur pour chercher mon téléphone, puis je

ressors, mes pouces prêts à taper le numéro de la police. Mais je n'arrive pas à sauter le pas.

Aujourd'hui, j'ai refusé d'aller voir le shérif. Je ne voulais pas que mon histoire fasse le tour de la ville.

Cole ne veut peut-être pas non plus que ses problèmes personnels deviennent connus de tous.

— Papa, arrête ! s'écrie Casey à quelques mètres d'eux. Faites ça à l'intérieur.

Son père jette de nouveau Cole par terre et lui donne plusieurs coups de poing assez puissant pour lui briser les os. J'en ai la nausée.

Un voisin arrive sur les lieux. Il vit de l'autre côté de la rue, je crois.

— Ça suffit, Jerry, lance-t-il au père de Cole en l'attrapant par l'épaule.

Jerry se dégage, et le voisin se tourne vers un autre voisin venu assister à la scène :

— John, aide-moi à le maîtriser !

Il me regarde et ajoute :

— Toi, rentre. Tu ne fais qu'empirer les choses.

Ses mots me secouent.

C'est bien à cause de moi, alors. Et j'aggrave la situation. Je tourne les talons et me précipite dans la maison.

Ce n'est qu'une fois à l'intérieur que je réalise que je pleure. Par l'entrebâillement de la porte, je regarde les deux voisins traîner Jerry loin de Cole.

— Tu ne peux plus continuer comme ça, Jerry, dit l'un d'entre eux.

L'ivrogne se dégage et passe devant sa fille pour rentrer chez lui.

Le voisin aide Cole à se lever.

Je ressors sur le porche. Je ne sais pas ce que je crois

pouvoir faire. Tout ce que je sais, c'est que je suis incapable de rester chez moi alors que Cole souffre dehors.

— Le moment est peut-être venu de répliquer, fiston, dit le voisin à Cole, la voix basse.

Cole repousse la main que l'homme a posée sur son épaule.

— Va te faire foutre, Lon.

— Attention à ce que tu dis, gamin.

Le ton du voisin est devenu plus dur, mais Cole ne se laisse pas faire et envahit son espace sans même lever les poings. Droit comme un i, il colle son torse à celui de l'autre homme et le regarde comme s'il voulait se battre.

Le voisin, Lon, lui pose la main sur le torse et le repousse.

— Je ne suis pas ton ennemi.

Le nez et la bouche en sang, Cole réplique :

— Lui non plus.

C'est sa maison qu'il montre d'un signe du menton.

Le voisin secoue la tête et tourne les talons, et d'un ton abattu, il répond :

— Je sais bien.

La voix de Cole, elle, était pleine de colère. Il monte les marches de son porche et claque la porte derrière lui, le son résonnant jusque dans mon âme.

Je rentre chez moi et ferme la porte le plus doucement possible. Quand les larmes se remettent à couler, je tente de ne pas faire le moindre bruit. Et quand mes sanglots me secouent au point de me faire mal aux articulations, je me couvre la bouche et je continue de pleurer. Je pleure pour le garçon d'à côté. Je pleure pour le garçon qui me déteste pour ne pas avoir à détester son père.

CHAPITRE SIX

Cole

Quand je me réveille, il est plus de minuit. Les rideaux sont ouverts et laissent passer le clair de lune. Mais ce n'est pas ça qui m'a réveillé.

Ce n'est pas non plus la douleur de la raclée que j'ai prise. Je suis déjà à moitié guéri. Demain, je n'aurai plus la moindre séquelle.

C'est comme ça que fonctionne la discipline chez les loups. La domination et l'humiliation comptent bien plus que la douleur en elle-même. Casey et moi ne sommes pas en danger.

Mais ça fait mal quand même.

Je frotte mon menton mal rasé et cligne des yeux dans la nuit. Quelque chose appelle mon loup, le pousse à regarder par la fenêtre. Et je sais parfaitement ce que je verrai en regardant.

Mon cœur s'emballe quand même.

La petite humaine est dehors. Debout sous ma fenêtre, elle regarde vers moi.

Comme si elle m'attendait et qu'elle savait que je viendrais. Ma peau se couvre de chair de poule.

Elle porte la même robe que dans la journée : courte, à rayures bleues et blanches. Elle a enlevé ses Converses, cependant. Elle est pieds nus sur le granit. Sa chair humaine sensible doit lui faire mal.

Je porte un short de sport. J'enfile un débardeur noir sans la quitter des yeux.

Elle se tient là, comme un tribut. Une offrande virginale.

Elle doit vraiment se sentir coupable.

J'ouvre la fenêtre et repousse la moustiquaire. Ce n'est pas la première fois que je sors par la fenêtre, mais j'essaye de ne pas trop montrer mon aisance alors que j'escalade la façade et me laisse tomber devant elle sur le gravier.

— Salut, dis-je.

Elle est en train de pleurer. Des larmes silencieuses coulent sur ses joues pâles. Je me demande si elle a sangloté toute la soirée. Si elle verse ses larmes depuis qu'elle a vu le genre de scènes déplorables qui se produisent quand mon père est bourré. L'odeur de ses larmes me fait quelque chose. Elle me met les nerfs à vif, me donne envie de donner un coup de poing dans quelque chose.

— Arrête, ordonné-je d'un ton menaçant.

Je ne le regrette pas. Elle m'a appelé silencieusement à venir la rejoindre. Elle l'a bien cherché. Je m'avance vers elle comme un prédateur.

Elle recule. Elle doit sentir à quel point je suis dangereux, en cet instant. À quel point j'ai l'esprit dérangé.

— C'était à cause de moi ?

Bien sûr que c'était à cause d'elle. Mais je ne peux pas lui dire ça. Ce n'est pas sa faute.

Au lieu de cela, je grogne :

— Arrête de pleurer pour moi.

Elle écarquille ses grands yeux bruns. Je me demande si elle me voit bien, dans le noir. Sans doute beaucoup moins bien que je la vois.

— *Arrête*, répété-je d'un ton autoritaire. C'est moi qui me suis pris une raclée.

— Cole.

C'est une petite syllabe. Rauque et tremblante. Tant d'émotions concentrées dans un seul son. Des regrets. Une imploration. Du désespoir, même.

Je perds le contrôle. Je place une main derrière sa tête et colle son visage au mien pour dévorer sa bouche. Elle a le goût de toutes les émotions que j'ai entendues.

Et d'autres encore.

Je savoure sa gratitude et sa douce générosité. Sa colère contenue. Son chagrin.

Son désir.

Je passe un bras sous ses fesses pour la soulever et la plaquer au mur en stuc de sa maison.

Elle ouvre les lèvres pour me laisser entrer. Ce n'est pas comme je l'avais imaginé.

C'est mieux.

Plus sauvage. Plus doux, même si mon assaut est brutal. Ses lèvres se tordent contre les miennes avec la même passion, et elle enfonce les ongles dans mes épaules nues. Je colle la bosse de mon membre à son entrejambe, même si je sais que ça risque de lui faire peur.

Je continue de l'embrasser, de baiser sa bouche avec ma langue. La blessure à ma lèvre se rouvre, et du sang se mêle à notre salive.

Tant mieux.

Qu'elle goûte le sang que j'ai versé pour elle. Je vais la faire saigner, elle aussi. Je veux sentir son sang sur mes lèvres. Sur mon membre. Peut-être pas ce soir, mais ça viendra.

Je saisis ses fesses fermes à deux mains et les pétris. L'un de mes doigts entre en contact avec sa peau, et mon désir atteint des sommets. Je me frotte contre le tissu fin de sa culotte, mon sexe contre son clitoris.

La douce odeur de son excitation m'emplit les narines.

Elle a envie de moi.

J'interromps notre baiser et enfouis la tête dans le creux de son cou pour mordre sa chair tendre. Je reste dans cette position, mon corps collé au sien, sans cesser d'onduler lentement entre ses cuisses. Nous haletons tous les deux.

Il faut que je la repose. Que je la renvoie chez elle.

Je sais qu'elle n'est pas prête pour tout ce que je veux lui faire. Et j'ai du mal à me contrôler, ce soir.

Mon désir crève le plafond.

Mais au lieu de la lâcher, je deviens plus salace. Je passe les doigts le long de son sillon fessier. Elle pousse une exclamation et se tortille, les jambes serrées autour de ma taille alors qu'elle tente de serrer les fesses, sans succès.

Ouais, ma belle. Ça aussi, je le prendrai, un jour.

Mais je ne suis pas assez con pour tenter ça ce soir.

— Tu ferais mieux de rentrer, Pink, soufflé-je contre son cou.

Mes lèvres effleurent sa peau. Putain, elle a bon goût.

Elle gémit doucement, mais ne fait pas un geste.

Je réalise que je suis en train de la torturer. Elle est excitée, prête à passer à l'étape suivante, et je la renvoie chez elle.

C'est une torture pour moi aussi, mais je suis capable d'encaisser. Les loups de mon âge luttent déjà contre ce genre de désirs depuis au moins quatre ans. Au moins, ce n'est pas la pleine lune.

Je lui donne un nouveau baiser passionné. Cette fois, je

glisse directement les doigts entre ses fesses et la caresse pendant que je frotte mon membre contre sa culotte.

Elle se cambre légèrement.

Par le Destin, est-ce qu'elle vient d'avoir un orgasme ?

Je crois bien que oui.

Ça m'achève presque.

Mes yeux ont sans doute changé de couleur, et je dois ravaler le hurlement bestial qui me monte à la gorge.

Je m'oblige à la reposer, mais sans cesser de lui caresser les fesses, de les pétrir, de les aimer. Et je continue de l'embrasser comme un fou.

J'adore sa saveur.

— Rentre chez toi, grogné-je.

Ma voix est trois octaves plus grave que d'habitude, et aussi rocailleuse que du papier de verre.

— Avant que je te ravage, ajouté-je.

Elle tremble. Tout son corps est pris de secousses, et elle est obligée de s'accrocher à mes avant-bras pour rester debout.

— Qu'est-ce qui te dit que je ne suis pas déjà ravagée ? demande-t-elle d'une voix essoufflée.

J'émets un rire sans joie et pose mon front contre le sien.

— Je le sais. Parce que j'ai déjà décidé que c'est moi qui te détruirai. Maintenant, rentre.

Elle ne bouge pas. Elle a le souffle court. Son corps tremble toujours.

— Tu me tiens toujours, fait-elle remarquer.

Ah. Effectivement. Mes mains sont toujours posées sur ses fesses délicieuses. Elle est toujours coincée entre mon corps et la maison.

Je la lâche et ravale un grognement de déception en perdant ce contact avec elle.

Et puis, simplement parce que je peux le faire, parce que

j'en ai envie, je l'attrape par les poignets et la tourne lentement vers la façade pour plaquer ses paumes à la façade en stuc rugueux.

Elle ne s'attend pas à ce que ma main s'abatte sur ses fesses. Son halètement ressemble presque à une plainte. Je la caresse pour faire passer la brûlure, puis je me penche sur elle et colle mes lèvres à son oreille.

— Pas d'insolence avec moi, Pink.

L'odeur d'une nouvelle vague de son désir m'envahit, et la lâcher est une véritable torture.

Je lui lâche les poignets, mais lui donne une nouvelle tape sur les fesses.

— Rentre chez toi.

Mes paumes fourmillent sous l'impact. Et je suis sûr qu'elle aura les fesses qui brûlent pendant un bon moment.

Tant mieux. Je veux qu'elle me sente.

Qu'elle sente la douleur que j'ai choisi de lui donner.

Et le plaisir.

Je vais lui donner tout ce que je désire.

Et elle va adorer ça.

CHAPITRE SEPT

Bailey

Le lendemain matin, je suis plongée dans une sorte de stupeur pendant que mes premiers cours se succèdent. Je devrais être épuisée, mais je ne le suis pas. Je suis en super forme. Agitée. Un peu nauséeuse. Nerveuse. Perdue. Et sous toutes ces émotions bouillonne un enthousiasme que je refuse de reconnaître ou de laisser sortir.

Cole Muchmore m'a embrassée.

Vraiment embrassée, avec passion.

Il aurait tout aussi bien pu m'asperger d'essence et craquer une allumette, car mon corps est toujours en feu. Ma peau est marquée au fer rouge partout où il m'a touchée.

J'en veux plus... tellement plus.

Et même s'il m'a promis de recommencer – de la plus menaçante des manières –, je ne sais pas à quoi m'attendre avec lui aujourd'hui, et ça me terrifie.

Pire encore, je dois déterminer ce que je compte faire au sujet de Brumgard. La soirée d'hier a tellement dérapé que j'étais incapable de réfléchir clairement.

Je ne sais toujours pas si je veux aller voir le principal ou la police. Je suis déjà la pestiférée du lycée. Je ne veux pas en rajouter.

Je suis tentée de simplement éviter le problème. De ne pas retourner en cours. De faire chanter Brumgard pour qu'il me mette des A partout et m'écrive des lettres de recommandation.

Non, c'est un mensonge. Sécher les cours et me soustraire à mon travail ne m'intéresse pas.

Ce que j'aurais préféré, c'est avoir un professeur intègre, véritablement désireux de créer un journal étudiant avec moi. Mais c'est impossible. Il n'y aura pas de journal au lycée de Wolf Ridge. Aucune chance de faire figurer cette expérience sur mes candidatures pour la fac. Aucune occasion de laisser ma marque et de faire la différence dans cette école.

Je m'imagine entrer en classe la tête haute. C'est Brumgard qui devrait avoir envie de se cacher, pas moi. Mais quand l'heure du cours de journalisme arrive, j'ai envie de vomir. Je vais à mon casier, même si je n'ai pas besoin de manuels. Je me cache.

Bon, d'accord, pour être tout à fait honnête, j'attends que Cole fasse son apparition. Qu'il me dise quoi faire. Qu'il me serve de bouclier. Ou qu'il me soutienne, tout simplement.

Mais c'est stupide.

Ce n'est pas parce qu'il m'a embrassée cette nuit qu'il a l'intention de continuer à me voir. Hier était peut-être une journée à part. Vingt-quatre heures complètement dingues durant lesquelles nous avons tous les deux vécus des horreurs avant de se soutenir l'un l'autre.

Les couloirs commencent à se vider alors que les élèves se dépêchent d'aller en classe avant la deuxième sonnerie. Je prends une grande inspiration et ferme mon casier.

Cole traverse le couloir, entouré de sa bande d'amis. Je

m'attends à ce que son visage soit couvert d'ecchymoses et de bosses, mais non. En fait, il ne reste aucune trace des événements de la veille. Il avait sans doute subi moins de blessures que je ne l'avais cru. Il est en train d'écouter l'un de ses amis et ne me regarde pas.

Alors je me décide.

Il est hors de question que je me rende à ce cours. Je suis encore trop affectée, trop vulnérable. Je ne peux pas faire comme si tout allait bien alors que ce n'est pas du tout le cas.

Alors que le groupe d'alpha-brutis passe devant moi, je baisse la tête, le regard tourné vers le sol. Mais au dernier moment, incapable de le contenir, je lève les yeux vers Cole.

Lui aussi lève les yeux vers moi. Au même instant.

Son visage reste impassible ; son sourire en coin est fermement en place. De façon presque imperceptible, il me fait un clin d'œil.

Subitement, le monde reprend son cours normal.

Non, pas normal. Mieux que ça. J'arrive à respirer. J'ai les idées claires.

Je savoure ce clin d'œil – un secret partagé – et je continue de marcher, en direction du petit coin de verdure ombragé que Rayne m'a fait découvrir.

Comme l'a dit Cole, rien ne m'oblige à aller en cours si je n'en ai pas envie.

En fait, je pourrais même continuer ce projet de journal de manière indépendante. Ça pourrait faire partie de mon chantage. Brumgard publiera ce que je lui ordonnerai de publier.

De bien meilleure humeur, je sors un carnet de notes et tente de me souvenir de ma liste d'articles potentiels que j'ai écrits sur le tableau blanc hier.

Cole avait raison. C'est moi qui ai le pouvoir.

Et j'ai l'intention de m'en servir.

~

Cole

Le nez de Brumgard a triplé de volume, et il a deux yeux au beurre noir. Alors que je passe devant lui, je l'entends raconter à un élève qu'il s'est pris une porte dans le visage.

À la moindre mention de Bailey, c'est sur sa bite que je fermerai une porte.

Juste avant le cours, Bailey avait le même air pincé et pâle que celui que j'ai vu hier. Par le destin, ça ne date que d'hier ? J'ai l'impression que ça fait des semaines. Cela me donne encore plus envie de casser à nouveau la gueule de Brumgard.

Mais je suis content que Pink ne soit pas venue en classe.

Elle ne devrait plus jamais avoir à subir un cours de ce type.

Et je veillerai personnellement à ce qu'il lui écrive la meilleure lettre de recommandation de tous les temps. Je m'approche de son bureau d'un pas bondissant et lis les papiers qui s'y trouvent jusqu'à ce que la deuxième sonnerie retentisse. Quand il me voit, la colère et la peur se succèdent sur son visage.

Je me penche tout près, profitant du bruit des élèves qui s'installent pour couvrir ce que j'ai à lui dire. La plupart des gens de la classe ont une ouïe de métamorphe, contrairement à Brumgard, alors chuchoter ne suffira pas si quelqu'un tend l'oreille.

Je sens la peur du professeur.

— Bailey n'assistera pas au cours, mais vous ne signalerez pas son absence, murmuré-je.

Je n'attends pas sa réponse. Je sais qu'il fera ce que je lui dis.

Il n'a pas le choix. Avec le dossier que j'ai sur lui, je peux lui faire faire n'importe quoi.

Je me dirige vers mon bureau et m'avachis sur la chaise. Les bras croisés sur la poitrine, je le fusille du regard tandis qu'il commence à donner son cours.

Chaque fois qu'il me regarde, il perd toute contenance et se met à bafouiller, ou à oublier ce qu'il dit. Je savoure chaque goutte de sueur qui lui roule sur le front.

Qu'il sue à grosses gouttes, oui.

Qu'il sue à grosses gouttes pour le restant de ses jours.

Sale pervers.

Austin me donne un petit coup de coude et montre la chaise vide de Pink du menton.

— Où est l'*humaine* ?

Il articule silencieusement ce dernier mot, même si la plupart des élèves du lycée de Wolf Ridge font partie de la meute. Quelques humains qui ne se doutent de rien fréquentent aussi l'établissement, sans doute moins de vingt pour cent, et tous sont mis à l'écart comme Bailey. Quant au corps enseignant, il est beaucoup plus homogène. Plus de la moitié des professeurs sont humains. L'Alpha Green pense qu'il est important pour notre intégration que nous apprenions à nous fondre dans la culture américaine sans dévoiler notre véritable nature.

Je me renfrogne, car je n'ai pas l'intention de lui dire où est Bailey, et parce que je suis toujours aussi en colère contre la raison de son absence.

Austin hausse les sourcils.

Je tente de prendre une expression neutre et je hausse les épaules comme si je m'en foutais royalement.

Je doute d'être convaincant, surtout qu'il me connaît

mieux que personne, mais il ne m'appartient pas de raconter l'histoire de Bailey.

Je pense à elle. À ce que je sais d'elle, à présent. À l'odeur de ses larmes. Au goût de sa peau. À la sensation de ses fesses sous mes mains.

Hier, elle m'a donné sa vulnérabilité.

Elle m'a volé la mienne.

J'ai envie de continuer à la détester. Surtout après ce qu'elle a vu devant chez moi.

Mais je n'ai plus de haine.

Nous sommes dans le même bateau, désormais. Nous avons partagé nos cauchemars respectifs.

Et ce que j'ai pris, elle me l'a donné.

Elle m'a laissé embrasser ses lèvres pulpeuses. Laissé me frotter à elle contre un mur.

Ce matin, en me réveillant, je me suis dit que j'avais besoin d'être tranquille. De me sortir cette humaine de la tête avant qu'elle s'insinue davantage dans mes tripes.

J'avais prévu de faire comme si elle n'existait pas. Je m'étais dit qu'elle aurait sans doute besoin d'être tranquille, elle aussi.

Mais ça n'a pas duré. À la minute où je l'ai vue, je suis retombé dans mon état d'esprit de cette nuit, quand nous nous sommes retrouvés entre nos maisons au clair de lune.

Et à présent, j'en veux plus.

Il faut que je finisse ce que j'ai commencé avec elle.

Je ne m'arrêterai pas tant que Bailey Sanchez ne m'appartiendra pas totalement. Tant qu'elle ne m'aura pas livré chacun de ses secrets, de ses mensonges, chacune de ses larmes. J'attends ce moment où je lui prendrai tout avec impatience.

Je l'attends autant que ma prochaine bouffée d'oxygène.

~

Bailey

Après les cours, je traîne devant mon casier. C'est stupide, et si je ne me dépêche pas, je risque de rater le bus, mais j'ai envie de voir Cole. De lui parler à nouveau. De découvrir ce qui s'est passé pendant le cours de journalisme. De lui faire part de ma décision.

J'attends jusqu'à ce que mon seul moyen de ne pas rater le bus soit de sortir en courant immédiatement, puis j'abandonne, ferme mon casier à clé et traverse les couloirs vides. Quand je débouche sur le couloir des classes inférieures, je ralentis le pas.

Casey Muchmore se trouve devant son casier avec un groupe d'amis, et quand elle me voit, elle prend un air meurtrier. Elle dit quelque chose à ses amis et les quitte pour se diriger droit vers moi. Les autres élèves obéissent, mais observent la scène avec une fascination malsaine.

Je tente de me convaincre de ne pas avoir peur d'une élève de seconde, mais ça ne marche pas. Rayne m'a vraiment convaincue qu'Adriana était prête à me faire du mal, alors je ne sais plus à quoi m'attendre, avec les filles de Wolf Ridge. Apparemment, elles se battent aussi souvent que les garçons, et ça me terrifie.

Je suis tentée de faire comme si je ne l'avais pas vue et de la dépasser, mais ce n'est pas une bonne idée. Hier soir, j'ai vu une facette très sombre de sa famille, et si elle est en colère, c'est sûrement en partie parce qu'elle a honte que j'aie assisté à tout ça. Alors je ne veux pas l'ignorer, même si j'en ai très envie.

De toute évidence, elle ne m'aurait pas laissé faire, de

toute façon. Elle se plante en travers de mon chemin, et je suis obligée de m'arrêter. Sa posture est agressive : mains sur les hanches, menton levé, mâchoires serrées.

— Désolée de t'avoir causé des problèmes, dis-je immédiatement, même si je ne suis pas responsable du comportement violent de leur père.

Ses narines se dilatent.

— C'est ta faute. T'approche pas de mon frère, ou je te casse la gueule. Il te déteste, de toute façon.

Elle veut me blesser, et ça fonctionne. Je ne sais pas si ce qu'elle dit est totalement vrai ou seulement partiellement vrai, mais sa remarque me vexe, car je sais qu'elle a raison.

Cole me déteste bel et bien.

Il y avait de la violence dans ses baisers, hier soir. De la colère contenue, de l'accusation, de la rancœur.

Mais il y a quand même eu des baisers.

Des baisers qui ont éveillé un feu incontrôlable en moi. Un feu qui m'a obligée à me caresser toute la nuit pour tenter de soulager les palpitations dans mon centre.

Et avant de le retrouver sous nos fenêtres, je n'ai pas dormi non plus. Je suis allée me coucher dans le lit de ma mère, quand elle est rentrée, et je lui ai raconté ce qui était arrivé à Cole. Nous avons pleuré ensemble au sujet de ce qui se passait chez les voisins.

Je ne lui ai pas parlé de Brumgard. Je ne suis pas encore prête à aborder le sujet avec quelqu'un d'autre que Cole.

Casey lâche mon visage des yeux pour regarder le couloir derrière moi, et elle grimace.

Je me retourne et vois que Cole au milieu de sa bande de copains. Il nous regarde.

Casey me pointe du doigt et ajoute :

— Je suis sérieuse. T'approche pas de lui.

Puis elle recule.

— Ne te mêle pas de ça, Case.

La voix de Cole est grave, son pas silencieux alors qu'il s'approche de nous sans ses amis. Casey arrête de battre en retraite pour le défier du regard.

— Pink, c'est mon problème, pas le tien, insiste son frère.

Son problème.

J'ai très envie de m'en aller. D'échapper à cette conversation qui me concerne. Les laisser avant que leurs mots ne me blessent encore plus.

Mais mes pieds n'obéissent pas à ma raison. Ils restent plantés sur place. Ils ont besoin d'être près de Cole.

— Si tu interfères, je te le ferai regretter, petite sœur.

Je suis soulagée qu'elle ne semble pas avoir peur de son frère, malgré cette menace. Leur père a beau être violent, ils se serrent les coudes. Casey se contente de dévisager Cole comme si elle cherchait à décrypter ses intentions.

Ou alors je me fais des idées, vu que je meurs également d'envie de découvrir ce qu'il mijote.

Après quelques secondes, elle secoue la tête comme si nous la dégoûtions tous les deux, et elle s'éloigne.

Cole l'attrape par le bras et la tire vers lui.

— Sérieux, Case. Te mêle pas de mes affaires.

Elle me jette un regard vers moi, puis vers son frère ?

— Ça nous affecte tous les deux, dit-elle d'un ton sec.

Mon estomac se serre. Elle a raison. Si le fait que Cole passe du temps avec moi met leur père en colère, ils en paieront tous les deux les conséquences.

Cole secoue la tête.

— Ça n'arrivera plus. Maintenant, *laisse tomber*.

Elle rougit légèrement.

— OK.

Elle tourne les talons et court rejoindre ses amis, tandis que je reste plantée là, moi aussi avec les joues en feu.

— J'ai dit à Brumgard de ne pas signaler ton absence, murmure Cole dès qu'elle disparaît. Tout va bien.

Mon soulagement n'a rien à voir avec le fait d'être notée absente ou présente, et tout à voir avec le soutien que me démontre Cole. Mes épaules se détendent. Je coince une mèche derrière mon oreille et baisse la tête, soudain intimidée.

— Merci.

Mais bien sûr, Cole est incapable d'être *totalement* gentil.

— Je ne veux pas de tes remerciements, rétorque-t-il en me pinçant le menton pour me relever la tête.

Je grimace sous son regard sombre.

La haine y est toujours bien présente.

J'ignore pourquoi mon estomac se serre et mon cœur s'emballe quand il me dévisage ainsi. Je ne tourne pas rond. Pourquoi une fille serait-elle excitée par un regard de haine ?

Il sort son téléphone de sa poche arrière et me le lance. C'est un vieux modèle à l'écran cassé.

— Envoie-toi un texto, m'ordonne-t-il.

Je ne suis pas assez bête pour me réjouir trop vite. Il veut mon numéro... et alors ? C'est peut-être juste pour discuter de Brumgard sans être obligé de me parler en personne.

Je m'envoie le mot « texto », parce que je ne trouve pas d'idée intelligente, et je lui rends son téléphone.

Je tourne les talons pour partir, mais il me retient pas le bras, comme il l'a fait avec sa sœur.

— Hé, dit-il.

Je tourne la tête vers lui et lui adresse à mon tour un regard noir.

Il fronce les sourcils et penche la tête vers moi.

— Ne sors jamais de chez toi quand mon père est dehors, m'ordonne-t-il. Ne le laisse jamais te voir. Compris ?

Mon estomac se serre, et tous mes questionnements sur

son éventuelle attirance pour moi s'envolent. Ça, c'est beaucoup plus grave que nos petits drames d'adolescents. La vie quotidienne de Cole est un cauchemar.

— Quoi que tu entendes, reste à l'intérieur, m'avertit-il.

Je ne peux pas m'en empêcher. Les larmes me montent aux yeux.

— Arrête, grogne-t-il.

Il abat le poing dans l'un des casiers situés derrière ma tête, l'enfonçant au passage.

— Ne pleure pas pour moi, putain.

Je baisse les yeux, parce que je sanglote pour de bon, à présent, et mes larmes tombent en cascade sur mes baskets.

Alors il recommence. Ses mains se posent sur mes fesses et ma nuque, ses lèvres se collent aux miennes. Une punition.

Une récompense.

Un lien entre nous.

Je ne sais pas ce que c'est, vraiment, mais j'en ai tout aussi envie que lui. Sa bouche s'empare de la mienne, ses paumes me serrent les fesses assez fort pour y laisser la marque de ses doigts. Son autre main contrôle ma tête, la tient en place pour l'assaut de ses lèvres et de sa langue.

Tout mon corps tremble pour lui.

Je n'ai aucune notion du temps, mais cela semble durer une éternité. Ou un instant. Je ne sais pas.

Puis il recule subitement, me lâche et fait un pas en arrière. Quelques secondes plus tard, une prof arrive dans le couloir et s'arrête net, les mains posées sur ses hanches développées.

— Tu n'es pas censé être à l'entraînement, Cole ?

L'a-t-il entendue arriver ? Ça semble impossible. Mais il penche la tête comme s'il écoutait quelque chose, puis il sourit.

— Tu as raté ton bus, Pink. On dirait que tu vas devoir

marcher.

Connard.

Se moque-t-il de moi ? Fait-il exprès de me faire croire que je lui plais, de me faire trembler de désir pour lui, pour faire de ma vie un enfer ?

Je me renfrogne et tourne les talons, courant dans le couloir pour cacher mon visage en feu.

— Pink.

Je ne m'arrête pas.

— Je veux que tu viennes voir mon match vendredi.

Je lève la main, le majeur tendu, toujours sans m'arrêter ni me retourner.

J'entends son rire alors que je quitte le bâtiment.

Je l'emmerde. Je suis sûre qu'il a encore prévu de m'humilier. Je serais bête de me laisser faire.

~

Cole

Je traverse le couloir d'un pas léger et dépasse Mme Eller, la prof de français également membre de la meute. Je ne pouvais pas la laisser me surprendre en train d'embrasser Pink. Elle aurait sans doute prévenu l'Alpha Green que je fréquentais une humaine. Ou alors, elle essayerait de sauver Pink de mes griffes. Je ne suis pas connu pour ma gentillesse, dans le coin.

Je n'avais pas prévu d'embrasser Bailey à nouveau. Mais ces larmes... Je ne comprends pas pourquoi ça me fait un tel effet. L'idée que cette petite humaine fragile verse des larmes pour moi, le mec qui lui a pourri la vie... ça me fait quelque chose.

Aujourd'hui, elle avait un goût de fraise et de melon. Et son odeur de miel et de cannelle habituelle, que, pour une raison inconnue, mon loup commence à adorer.

Elle est présente sur moi, à présent : sur mes paumes, sur mon visage. Sur l'avant de mon tee-shirt, après que je l'ai collée à moi. Je porte la main à mon nez et inhale profondément.

Une vague de plaisir me submerge.

De plaisir et de désir. La toucher m'a donné une érection, et mon membre a douloureusement besoin d'être soulagé. Mais je n'ai pas vraiment le temps de me branler dans les toilettes avant l'entraînement. Je suis déjà assez en retard pour que Coach me fasse faire des tours de terrain.

Une fois dans les vestiaires, j'enlève mon tee-shirt et le colle à mon nez. Putain, qu'est-ce que ça sent bon. Je le fourre dans mon sac pour ma séance de masturbation à venir.

Peut-être que Bailey se changera avec les rideaux ouverts, ce soir. Peu après son emménagement, j'ai aperçu ses seins, une fois. Elle sortait de la salle de bains en serviette et l'avait laissée tomber avant de réaliser que les rideaux étaient ouverts. J'avais éclaté de rire en la voyant fermer les rideaux d'une main, tout en tentant de couvrir ses petits tétons pointus de l'autre.

Ou alors, je lui ordonnerai de les laisser ouverts pour voir si elle m'obéit. Elle le ferait peut-être. Je l'ai sentie trembler quand je l'embrassais. Elle s'est à nouveau ouverte à moi, comme si elle attendait que je la revendique. Même si elle sait que je suis ce qu'il peut lui arriver de pire.

Je suis sa faiblesse.

Et elle est la mienne.

CHAPITRE HUIT

Bailey

— Je pense qu'il nous faut une rubrique ragots, dit Rayne en tapotant son verre avec son stylo, dans ma cuisine.

Je ne lui ai pas raconté ce qui s'est passé. Je sais qu'elle me soutiendra comme une amie fidèle, mais je n'ai pas encore digéré les événements. En plus, l'histoire de Cole est liée à la mienne, et révéler ses secrets ne serait pas correct de ma part.

Je lui ai annoncé que j'allais lancer un journal étudiant et lui ai proposé un poste d'éditrice, qu'elle a accepté.

D'où la réunion de la rédaction chez moi après les cours.

Nous n'avons pas trouvé d'idées de génie, mais je m'en fiche. Je suis contente d'avoir de la compagnie.

Ça faisait longtemps.

— Des ragots, c'est la dernière chose dont cette ville ait besoin. Mais on pourrait faire des articles sur certaines personnes. Mettre en valeur des élèves moins connus, moins populaires, et leurs talents.

Rayne reste bouche bée comme si je venais de dire quelque chose de révolutionnaire.

— Ouah. On pourrait faire ça ?

— Pourquoi pas ? Tout le monde sait sans doute tout d'Adriana, la gentille petite reine du lycée qui veut m'assassiner, dis-je, provoquant l'hilarité de Rayne. Mais est-ce qu'ils connaissent... je ne sais pas, les talents cachés d'une fille timide à qui personne ne parle ?

Rayne prend un air de conspiratrice.

— Je veux écrire ça. Je sais précisément qui choisir.

— Ah bon ?

— Oui. Et je commence par toi. Il y a beaucoup d'élèves comme toi que les autres refusent d'apprendre à connaître.

— D'élèves comme moi ?

Je ne sais pas pourquoi j'insiste. Je sais qu'elle m'a déjà dit que ma mise à l'écart n'avait rien à voir avec le racisme, mais j'ai toujours l'impression qu'il y a une autre raison.

Quand mon amie baisse les yeux un peu trop vite sur son cahier, cette impression devient une certitude.

— Je veux parler des élèves qui ne sont pas originaires de Wolf Ridge ou qui ne vivent pas ici, mais qui fréquentent le lycée pour le sport ou ce genre de choses. Les gens de l'extérieur.

Ses mots sonnent un peu faux, même s'il y a sûrement du vrai dans ce qu'elle dit. Mais je reste persuadée que ce n'est pas tout. Brumgard avait peut-être raison, et ils font tous partie d'une secte fermée.

Je n'aime pas le frisson qui me parcourt les bras et le poids qui me pèse sur l'estomac.

La ville de Wolf Ridge a-t-elle un secret ? Et si oui, lequel ?

Cole

C'est un match à domicile, et les gradins sont pleins. Je ne cesse d'y jeter des regards, à la recherche de Pink.

Je lui ai dit de venir.

Elle m'a fait un doigt d'honneur.

Ça ne veut pas dire qu'elle ne viendra pas, cependant. Et si elle assiste au match, je verrai ça comme une énorme victoire. Si elle vient, je m'assurerai de poser à nouveau les mains sur elle. Partout.

Le soir du jour où elle m'a donné son numéro de téléphone, je lui ai envoyé un seul mot, au cas où elle n'aurait pas encore enregistré le mien : « Moi ».

Je voulais qu'elle ait mon numéro au cas où elle voudrait discuter de l'affaire Brumgard. Ou en tout cas, c'est ce dont j'essaye de me convaincre.

Son absence de réponse ne m'étonne pas vraiment.

Je me suis comporté comme un con avec elle et elle n'a pas confiance en moi, même si elle en a envie.

Je n'arrive pas à décider si *moi*, j'ai envie qu'elle me fasse confiance.

Tout ce que je sais, c'est qu'elle m'obsède. Tous les soirs, je regarde sa fenêtre, mon membre à la main, et je pense à ce que j'aimerais lui faire.

Ce n'est que pendant le dernier quart du match que je repère la touffe blond-blanc de l'avorton de la meute, Rayne. Et, à côté d'elle, l'humaine sexy.

Mon humaine sexy.

Elle ne sait peut-être pas encore qu'elle m'appartient,

mais elle l'apprendra. Sa copine Rayne, elle, est déjà au courant.

J'ignore ce que je vais faire d'elle. Tout ce que je sais, c'est je veux la tourmenter. La punir. La... protéger.

Oui, elle est clairement sous ma protection.

Quand j'ai vu Casey la menacer, j'ai dû prendre sur moi pour maîtriser ma colère. Pour me comporter comme un humain et ne pas montrer les dents pour marquer mon territoire. Personne d'autre que moi ne menace l'intello sexy.

Personne ne la touche.

Alors je suis ravi qu'elle soit là. Je lui ai dit de venir, et elle est venue. La victoire est totale, et ce soir, je vais fêter ça. Avec elle, si je trouve le moyen de semer mes potes sans qu'ils se doutent de ce que je compte faire.

Je suis tellement content que j'oublie de me maîtriser avec le ballon. Je le jette à l'autre bout du terrain et marque un touchdown avant de réaliser ce que je viens de faire.

Le stade m'acclame, mais je vois que le Coach Jamison m'observe depuis le banc de touche. Oh, bien sûr, il agite le poing en l'air pour donner le change, mais sous sa façade, il y a de la réprobation, pas de la joie.

Nos défenseurs se font discrets face à l'équipe adverse et les laissent marquer.

Je ne fais pas vraiment attention. La seule chose qui m'intéresse, c'est de m'enfoncer entre les cuisses de l'humaine belle et horripilante qui se trouve dans les gradins.

Sur le terrain, j'y vais mollo. Je laisse tomber le ballon pour compenser mon zèle de tout à l'heure. J'en reprends le contrôle au dernier moment pour un autre touchdown. Je me pavane comme la star que je suis, savourant les applaudissements des fans. Mon père est là, lui aussi.

Avant, ça avait une autre signification pour moi. Je me donnais à fond, conscient qu'après le match, on s'assiérait ensemble pour décortiquer le match, mes attaques, les joueurs de l'équipe adverse. À présent, il vient toujours, mais il boit. Il crie trop fort, me fout la honte. Après la partie, il se souvient à peine de ce qui s'est passé.

Mais je suis toujours profondément conscient de sa présence. J'ai toujours envie de l'impressionner, même si ça ne l'intéresse plus autant qu'avant.

Nous gagnons le match sans humilier complètement l'équipe adverse – c'est notre but –, et nous nous donnons des tapes sur les fesses en regagnant les vestiaires. Je fonce vers mon casier pour en sortir mon téléphone.

Tu es venue, envoyé-je à Pink.

À mon plus grand plaisir, elle répond immédiatement.

Seulement pour Rayne.

Je souris.

N'importe quoi. Tu es venue parce que je te l'ai demandé.

Tu ne m'as rien demandé du tout. Tu me l'as ordonné comme un alpha-bruti.

Mon sourire s'élargit en lisant cette expression typique de Wolf Ridge.

Ma belle, tu ne connais rien aux alpha-brutis. Mais je serais ravi de te montrer.

Emmerder Pink a toujours été mon but, mais avant, je le faisais avec malfaisance et amertume. À présent, c'est différent. J'ai toujours autant envie de la provoquer, mais ce que j'en retire est différent.

Elle a raison, c'est un vrai comportement d'alpha.

Non merci, répond-elle.

— Qu'est-ce qui te fait sourire comme ça ? me demande Bo en regardant par-dessus mon épaule.

Je cache mon écran.

— Pas tes oignons.

Austin et Wilde me regardent comme s'ils savaient pertinemment à qui j'écrivais.

Connards.

Je baisse de nouveau les yeux sur mon écran et tente de mettre au point un plan. Je ne peux pas être vu avec elle, pas par mon père. Pas par les amis. Pas par un membre de la meute, c'est-à-dire quasiment tous les gens présents au stade.

Retrouve-moi sur le parking du glacier dans une demiheure.

Je reste immobile, fixant mon écran des yeux, mais elle ne répond pas.

Ça aussi, ça me fait sourire. J'aime bien le fait qu'elle ne se laisse pas faire. J'aime son fort caractère. Son insolence.

Ses larmes pleines de sincérité.

Mon sexe se contracte, et je fourre mon téléphone dans mon casier avant de me retrouver avec une érection devant toute l'équipe. J'espère qu'elle viendra. Elle a intérêt, parce que sinon, je ne manquerai pas de la trouver, et elle le regrettera.

Ça aussi, ça me fait sourire.

Même l'engueulade que je me prends de la part du Coach Jamison parce que j'ai lancé le ballon trop loin ne parvient pas à entamer ma bonne humeur.

~

Bailey

Il est hors de question que j'aille retrouver Cole Muchmore sur le parking du glacier. J'ignore pourquoi mon estomac se noue et se met à virevolter dès que j'y pense.

Rayne et moi marchons le long de la rue jusqu'à un endroit où il est moins gênant d'être récupéré par ma mère, qui se gare dans sa Corolla, toujours vêtue de sa tenue de travail.

— Salut, les filles, comment c'était ? nous demande-t-elle d'un ton un peu trop enthousiaste.

Elle est ravie que je me sois trouvé une amie.

— Pas mal, réponds-je en me glissant sur le siège passager tandis que Rayne s'assoit à l'arrière. Tu ne quittes le travail que maintenant ?

— Oui. J'ai décidé de travailler tard, comme je savais que je venais vous chercher. Tu remercieras ta mère de vous avoir emmenées à l'aller, dit ma mère en souriant à Rayne.

J'allume la radio et change de station jusqu'à tomber sur une chanson des années quatre-vingt que ma mère aime beaucoup, *Friday I'm in Love* de The Cure.

Ma mère monte le volume.

Quand nous arrivons devant chez Rayne, je sors de la voiture pour lui dire au revoir.

— Sois prudente, me murmure-t-elle à l'oreille.

Je recule.

— Pourquoi tu dis ça ?

— Tu vas aller voir Cole. Sois prudente, c'est tout.

Je ne lui ai pas montré nos messages. Elle a dû regarder par-dessus mon épaule. Mais je ne suis pas fâchée. C'est agréable de savoir qu'elle me soutient.

— Je n'irai pas, réponds-je à la hâte.

— Tu y penses.

Je secoue la tête.

— Tu es pleine de sagesse, malgré ton jeune âge, tu le sais ?

— C'est ce qui se passe quand on est un avorton. On se retrouve à observer, parce qu'on est souvent mis à l'écart.

Je cligne des yeux, triste qu'elle me confirme ce que j'avais pressenti à propos de sa vie sociale.

— Merde. Je suis désolée.

Elle hausse les épaules et me montre la voiture du menton.

— File. Ta mère t'attend. Sois prudente, c'est tout. Prépare-toi pour la bataille, dit-elle avec le sourire.

— Prépare-toi pour la bataille, répété-je en riant. J'aime bien ce conseil.

— Et tu devrais le suivre. Tu me diras comment ça s'est passé.

— Je n'irai pas, insisté-je.

— Mais bien sûr, marmonne-t-elle en se dirigeant vers sa porte.

Vingt minutes plus tard, je dis à ma mère que je vais faire un tour chez le glacier. Ma mère est ravie, ce qui prouve à quel point ma vie sociale est désastreuse.

— Tu prends la voiture ?

L'espoir dans sa voix est évident.

— Non, j'y vais à pied.

Elle se renfrogne.

— Ça ne me semble pas être une très bonne idée.

— Wolf Ridge est sans doute la ville la plus sûre au nord de Phoenix. Tout le monde se connaît, dans le coin. Qu'est-ce que tu veux qu'il m'arrive ?

Elle plisse les yeux.

— Pourquoi ne pas m'avoir demandé de t'y déposer quand on est passées devant ? Tu vas retrouver quelqu'un ?

Je place ma mèche de cheveux roses derrière mon oreille.

— Peut-être. Oui. Je ne sais pas. Je suis un peu en retard, là.

— Alors laisse-moi t'y conduire.

— Non, dis-je à brûle-pourpoint.

À dix-huit ans, j'ai passé l'âge d'être conduite partout par ma mère. C'est ridicule.

— À plus tard ! ajouté-je en prenant la fuite avant qu'elle puisse me poser d'autres questions.

Alors que je descends la rue, des tas d'idées tournent en boucle dans ma tête. Aller retrouver Cole Muchmore est une mauvaise idée. C'est un alpha-bruti qui cherche à s'envoyer en l'air. Il veut m'utiliser. Non, pire que ça. Il cherche toujours à me punir à cause de ma mère. Et de son père. Et à cause de ce que j'ai découvert sur ce qu'il vit chez lui.

Mais c'est aussi le mec qui a donné un coup de poing à M. Brumgard. Celui qui m'a emmenée à l'aire de jeux abandonnée. Et qui s'est assuré que je puisse sécher les cours sans conséquence.

Le mec qui n'a rien dit à personne, à ma connaissance.

Alors il n'est pas irrécupérable. En plus, nous sommes très attirés l'un par l'autre.

Je suis devenue pubère à douze ans. C'est à cet âge que j'ai commencé à avoir mes règles, des seins et des hanches. Que j'ai commencé à embrasser des gens aux boums. Mais mon éveil sexuel a attendu ma rencontre avec Cole Muchmore.

Mon corps semble prendre vie quand il est là. Je ne réalise que maintenant que je suis un être sexuel avec des besoins et des désirs. Et ces désirs pourraient être assouvis par mon voisin sexy et exaspérant.

Alors, ouais. C'est une mauvaise idée, mais j'y vais quand même.

Je joue avec le feu, car j'ai attendu si longtemps que je suis en retard, à présent. Il risque de penser que je ne viendrai pas et de partir. Tant pis.

Je passe par les petites rues. J'ai reçu le texto de Cole il y a une heure, et quand j'arrive, le glacier est fermé. Le parking est vide. À l'exception d'une vieille Ford garée dans un coin.

Mon cœur s'emballe. Il a attendu trente minutes pour voir si je viendrais.

Cole se glisse hors du siège conducteur, ses mouvements langoureux et gracieux pour un homme aussi grand. Il exsude la colère.

J'hésite, puis m'arrête.

Cole aussi s'arrête, laissant un mètre entre nous, comme s'il voyait que j'avais peur et ne voulait pas m'effrayer.

— Tu es venue de chez toi à pied ? Bon sang, Pink, t'es dingue ? Tu sais qu'il est vingt-trois heures, hein ?

Je hausse les sourcils, surprise. Il est fâché que je sois venue à pieds ? Pas que je sois en retard ou que je lui aie fait croire que je ne viendrais pas ?

— Je ne conduis pas, lui dis-je.

Il lève les yeux au ciel.

— Ouais, je sais.

Il se rapproche, à présent, pile ce que mon corps désire. Il penche la tête sur le côté.

— Pourquoi, Pink ?

Je secoue la tête. Je n'ai pas du tout envie d'en parler avec lui. J'ai dû frotter mon tatouage sans m'en rendre compte, car il m'attrape les poignets et examine le tatouage dédié à Catrina. Comme le veut la tradition mexicaine du jour des Morts, le crâne est décoré de fleurs, de plantes grimpantes et de feuilles. Il est surmonté d'une couronne de roses.

— À cause de ça ? me demande Cole.

Sa supposition m'envoie une vague de surprise à travers le corps. Je tente de reprendre mes mains, mais il me tient avec force.

— Qui était Catrina ? Elle est morte dans un accident de voiture ?

Je regarde les étoiles pour empêcher les larmes qui m'emplissent les yeux de couler. Soudain, je n'arrive plus à respirer. Ma gorge est trop serrée. Trop étouffée par le chagrin tranchant qui me brûle et m'égratigne.

— Bon sang, Pink.

Cole semble sous le choc, comme si ce qu'il voyait sur mon visage le perturbait. Il pose une main sur ma joue et me serre contre lui. Ma tête heurte son torse musclé, et je pousse un terrible sanglot sonore.

— Merde, marmonne-t-il. Qui était Catrina ?

Je n'en ai jamais parlé. Dans mon ancien lycée, tout le monde connaissait l'histoire. Et tout le monde veillait à ne pas en parler devant moi.

À présent, tout remonte à la surface d'un coup. La culpabilité écrasante. Le traumatisme. La douleur du deuil.

— Ma meilleure amie, réponds-je d'une voix éraillée contre son tee-shirt, déjà trempé par mes larmes. Je l'ai tuée.

— Putain.

Il m'étreint avec plus de force.

Je pleure, secouée par des sanglots atroces, et halète contre le torse de l'ennemi.

Aussi vite qu'elles sont arrivées, mes larmes se tarissent. Comme si une vague avait eu besoin de sortir, et qu'une fois libérée, elle se calmait.

Je cesse de trembler et lève la tête. Je suis prise de l'envie soudaine de tout lui raconter. De prononcer les mots à voix haute, pour qu'ils soient entendus.

— Je conduisais, et la route était verglacée. La voiture s'est mise à glisser et s'est écrasée contre une glissière de sécurité. Un morceau de métal a transpercé le pare-brise et lui a traversé le crâne. Un instant, on se moquait de son incapacité à préparer du pop-corn, et le suivant, elle était morte. C'est une scène qui continue de hanter mes cauchemars. Ma meilleure amie, ensanglantée, les yeux ouverts. Il y avait tellement de sang...

Je sais que Cole est choqué, mais son visage est impassible. Je suis contente qu'il ne montre ni compassion ni horreur. Simplement une sombre compréhension.

— Alors tu ne conduis plus, affirme-t-il.

Je secoue la tête.

— Parce que tu as peur, ou pour te punir ?

Mmm. Bonne question. C'est une bonne occasion de démêler l'imbroglio qu'est mon passé.

— Les deux, je crois.

Il secoue la tête comme si c'était la mauvaise réponse.

— Tu vas conduire, dit-il avec fermeté, comme si j'avais fait une bêtise et qu'il était là pour rétablir l'ordre.

Il me prend fermement par les coudes et me guide jusqu'au siège passager de son pick-up.

Je résiste, mais il est trop fort et sûr de lui. Il me presse contre la portière, son corps collé au mien. Il a une érection, mais la situation n'est pas purement sexuelle. Il y a autre chose. Il me passe une main autour du cou, mais ne serre pas.

— Voilà ce qui va se passer, Pink, me murmure-t-il à l'oreille, son souffle chaud contre ma tempe. C'est moi qui délivrerai les punitions. Et ta peur, on va la libérer. D'accord ?

J'ignore complètement ce qu'il entend par là, mais mon corps semble le comprendre. Un frisson me parcourt la peau. Mon sexe se contracte. Il pose ses lèvres sur ma tempe et les fait glisser. Pas un baiser. Quelque chose de plus torride. De plus sombre.

— C... comment ça ? parviens-je à demander.

À ma plus grande déception, il recule et me libère, mais ça ne dure qu'un instant. Il ouvre la portière et colle mon ventre au siège. Sa main s'abat sur mes fesses.

— Oh ! m'écrié-je avec surprise.

Il caresse l'endroit qu'il vient de frapper pour chasser la douleur. Tout mon corps s'enflamme, crépitant sous sa main.

— Tu veux être punie ? C'est moi qui m'en chargerai. Pas toi.

Il frappe l'autre fesse avec tout autant de force.

Je pousse un nouveau cri, mais ma douleur se transforme en chaleur. Surtout avec sa grande paume qui me masse et me caresse.

— Cole, gémis-je.

Il continue de me caresser.

— Bon sang, ma belle. J'adore quand tu dis mon nom comme ça.

Je ne comprends pas ce qui se passe. Enfin, si, plus ou moins, mais je suis toujours vierge. Et ça, ce n'est pas une pratique de débutant. C'est une pratique avancée. Est-ce même sexuel ? Je n'en suis pas sûre. Tout ce que je sais, c'est que des frissons excitants me parcourent tout le corps, et que mon excitation est assez puissante pour éclairer une ville entière.

— Cole.

Je ne peux pas m'en empêcher. Je ne prononce même pas son nom parce qu'il m'a dit que ça lui plaisait. Non, je gémis parce que j'en veux plus. J'ai besoin de plus. Et je ne suis même pas sûre de savoir ce qu'est ce *plus*.

— Dis *oui, Cole*, m'ordonne-t-il.

Il me caresse entre les jambes, mais pas le long de ma fente. Sur le côté, à proximité de l'endroit que j'aimerais qu'il visite. Il fait exprès de me titiller. Il me donne trois tapes à la suite.

— C'est moi qui m'occuperai de te punir. Dis-moi que tu es d'accord.

Mon estomac fait des cabrioles. Se serre. L'excitation fait rage.

— Ouais, peut-être.

— Oui, corrige-t-il d'un ton ferme. Tu sais qu'il faut que ce soit moi qui te punisse. Et tu as besoin que je le fasse. Hein ?

J'ai le mot *oui* sur le bout de la langue. Je suis complètement sous son charme. Tout mon bon sens a disparu. Mais je m'accroche à un brin de raison.

— Je ne suis pas sûre de savoir dans quoi je m'engage.

Sa main caresse mes fesses, les pétrit et les presse. Il pose son autre paume à côté de moi sur le siège et se penche pour me regarder dans les yeux.

— Je vais prendre soin de toi, Bailey.

Ça ressemble à une promesse. Une nouvelle fois, je ne suis pas sûre de savoir ce qu'il entend par là, mais je le crois. Je crois en sa sincérité.

— D'accord, murmuré-je.

La satisfaction illumine son regard alors qu'il se redresse, et il me passe une main sous les genoux pour me soulever et m'asseoir derrière le volant.

Je panique.

— Non.

Je tente de sortir, mais il m'en empêche.

— Tu vas conduire, grogne-t-il. Ce soir.

Je pose mes mains tremblantes sur le volant, mais je le regarde pour implorer sa pitié.

— Je ne peux pas.

Il prend mon visage dans ses mains et m'embrasse avec force.

— Si. Et tu vas le faire.

Il claque la portière et fait le tour pour s'asseoir sur le siège passager.

— Tiens, dit-il en me donnant les clés. Tu sais conduire les manuelles ?

— Oui.

Dans le Colorado, je conduisais une Subaru. Ma mère voulait que j'apprenne à conduire avec une manuelle, alors je sais toujours comment faire. Mes mains tremblent alors que je tourne la clé et démarre.

— Qu'est-ce que tu aurais fait, si je ne savais pas conduire les manuelles ?

— Je t'aurais appris à le faire.

Il a répondu sans la moindre hésitation. Comme si c'était évident. Il me montre la rue.

— Tourne à droite.

Je prends une inspiration tremblante. Son pick-up est tellement différent de la Subaru ou de la voiture de ma mère que mon traumatisme est moins réveillé. Je vérifie que je suis bien en première et je relâche l'embrayage. La voiture est prise d'une secousse qui m'arrache un cri, mais bien vite, je me retrouve à conduire sur la route. Je respire fort et mon cœur bat la chamade alors que je regarde nerveusement dans les rétroviseurs, encore et encore. Mais tout va bien. Il n'y a personne.

Je suis en train de conduire !

Cole me fait signe d'aller vers les montagnes. Au début, je pense que nous retournons à l'aire de jeu secrète, mais il me guide vers un belvédère.

— Tu as réussi, me dit-il.

Son sourire est juvénile. Joyeux. Cette expression lui va à ravir. Elle me coupe le souffle, même. Il se tourne vers moi, un genou posé sur son siège, l'autre appuyé par terre.

— Maintenant, tu as droit à ta récompense.

En un instant, il m'attrape par le poignet et fait remonter ma robe jusqu'à ma taille.

— Cole !

Apparemment, c'est le seul mot que je suis capable de prononcer, et l'instant d'après, je n'arrive même plus à articuler, car il repousse ma culotte et colle sa bouche à mon sexe.

Le doux contact de ses lèvres sur mes zones sensibles me fait sursauter. Quand il met sa langue à contribution, je manque de m'écrouler de mon siège. Il est obligé de me maintenir le bassin en place pendant que sa langue parcourt ma fente et se glisse entre mes petites lèvres pour remonter jusqu'à l'endroit où mon clitoris, que je n'ai jamais vraiment trouvé, est censé être.

Cole sait très bien où il se trouve, lui. Il me torture, en le lapant, le suçant et le mordillant. Je crie et me tortille. Gémis et soupire.

Mes jambes s'agitent sous son corps. Je suis désespérée. C'est trop intense. Je repousse sa tête.

— Attends, m'écrié-je d'une voix rauque.

Il obéit, ce qui me rassure. Il lève immédiatement la tête et me dévisage.

— Tu as peur.

Ce n'est pas une question. Je rougis.

— Je ne sais pas. Oui. Peut-être.

— Mais tu aimes ça. Je sens ton nectar sur ma langue, Pink. Laisse-toi aller. Accepte ta récompense. Je te promets que ça sera agréable.

Il lève la main pour pincer l'un de mes tétons à travers ma robe et mon soutien-gorge, puis il donne une tape à mon sein. Il répète le processus de l'autre côté.

Je reste bouche bée, mais mon sexe se contracte, ravi.

Et je ne proteste pas lorsqu'il plonge de nouveau la tête entre mes jambes.

Cole

Je ne sais pas comment je fais pour tenir mon loup à distance. Bailey est la fille la plus sexy que j'aie jamais vue. Joues rosies, cheveux noirs ébouriffés comme au cours d'une tempête, yeux écarquillés et regard flou. Elle a le goût de tous mes fantasmes, et je suis impatient de la voir jouir.

Mais elle lutte contre l'orgasme.

Je lève la tête et caresse son clitoris avec mon pouce.

— Tu te masturbes, Pink ?

Elle secoue la tête.

— P... pas vraiment. Mais je l'ai fait... après...

Je hausse les sourcils d'un air interrogateur.

— Après ton baiser.

La satisfaction explose en moi.

— Oh, ma belle. Je me suis branlé tellement fort cette nuit-là que ma queue a failli se décrocher.

Elle est choquée, et ça me plaît. Je dois avoir un côté sadique. Je ne l'avais jamais remarqué. C'est peut-être elle qui le fait ressortir. Parce qu'elle a pris toute ma haine et l'a transformée en quelque chose de sexuel. Quelque chose de douloureux, mais superbe.

Bon sang, lui donner la fessée, c'était comme découvrir le sens de la vie.

Je ne me suis jamais senti aussi puissant. Et ce n'est pas la violence qui m'a plu, non. C'est l'extase. L'odeur de son excitation qui m'emplissait les narines pendant qu'elle pous-sait ces petits cris de douleur mêlée de surprise. Le fait qu'elle me laisse la fesser comme ça, que ça lui plaise.

Et pour une raison ou pour une autre, jouer ce rôle m'aide

à garder les idées claires. Ce ne sont pas mes hormones déchaînées de loup adolescent qui me guident, comme avec les autres filles. Oh, je la désire, sans aucun doute, tellement que c'en est douloureux, mais je maîtrise mon excitation. Bailey m'a donné les rênes, alors je ne peux pas tout faire foirer. Je suis obligé de garder la tête froide.

— Comment tu as fait pour te faire jouir ? demandé-je.

J'explore son entrée serrée et fais tourner mon index en elle tout en tapotant son clitoris avec mon pouce.

Sa tête roule sur les côtés.

— Je... euh... je me suis servie de ma main.

— Tu étais où, ma belle ? Sous la douche ? Au lit ?

— Au lit, halète-t-elle en se collant à ma main. Sur le ventre.

Ce secret qu'elle partage avec moi me fait sourire.

— Tu te frottais à ta main ?

— Oui, gémit-elle.

Je sors mon index et la pénètre avec mon pouce.

— Quand je te le dirai, Pink, tu te laisseras aller et tu jouiras. Tu peux faire ça pour moi ?

Elle s'empresse de hocher la tête, comme si elle voulait à tout prix m'obéir.

— Je... je vais essayer.

— C'est bien.

J'enfonce profondément mon pouce en elle et colle la main à son clitoris. Puis je me mets à faire des va-et-vient. Elle est plus serrée qu'un poing.

Elle pousse des petits gémissements graves.

Je vais plus vite.

Elle serre les fesses, et son ventre frémit.

— Cole, gémit-elle.

— Jouis, Bailey, grogné-je, ma vision rendue floue par

mon propre désir. Tu jouis quand je te le dis, et tu cries mon nom.

Elle atteint l'orgasme avant que je puisse me répéter. C'est fantastique. Ses muscles se serrent en rythme autour de mon pouce, et elle enfonce les genoux dans mes épaules.

J'attends à peine qu'elle ait fini pour me mettre à genoux, sortir mon membre et me caresser.

Pendant un instant, elle est trop perdue dans son plaisir pour remarquer ce que je fais. Puis elle panique.

— Cole ! s'exclame-t-elle en se hissant sur les coudes, les yeux rivés sur mon gland violacé.

Je me masturbe avec force. Il ne me faudra pas plus de trente secondes pour jouir.

— Je... je ne suis pas prête pour ça.

— T'inquiète, Pink, grogné-je.

Je sais ce qu'elle pense. Que j'ai sorti ma queue parce que j'ai envie de la baiser.

Bon d'accord, j'en ai envie.

Mais je n'ai pas l'intention de le faire. Mettre la pression aux filles, ce n'est pas mon genre. Ça m'énerve qu'elle me prenne pour un salaud, même si je sais que je ne lui ai jamais donné une très bonne image de moi.

— Tu crois que je ne sais pas ce que tu es prête à faire ou pas ?

Elle me regarde, les yeux écarquillés.

— Je me branle, c'est tout, poursuis-je. Remonte ta robe. Montre-moi tes seins.

Elle se détend, et un sourire sensuel apparaît sur son visage alors qu'elle soulève sa mini robe pour me dévoiler son joli soutien-gorge rose.

— Sors-les, ordonné-je d'une voix grave et rauque.

• • •

Mon membre se contracte, impatient d'atteindre l'orgasme.

Elle baisse son soutien-gorge et me montre ses seins parfaits. Deux tétons rose foncé surmontent les beaux globes jumeaux.

— Serre-les.

J'arrive à peine à parler. Mes yeux commencent déjà à rouler dans leurs orbites à cause du plaisir. Quand elle m'obéit, je me laisse aller et j'éjacule, arrosant son ventre et ses seins de mon sperme.

Et j'en sors transformé. Dès que la vanne de mon désir s'ouvre, je tombe dans un puits de gratitude. D'humilité. D'affection, même. Je remballe mon membre et enlève mon tee-shirt d'une main. Je m'en sers pour l'essuyer. Puis je la rhabille. Je range ses seins dans son soutien-gorge et les embrasse chacun leur tour. Je promène mes lèvres sur sa clavicule. Sur son ventre. Je lui remonte sa culotte et embrasse son pubis.

— Ça va, ma belle ?

Son expression se fait plus douce. Elle a un air émerveillé, comme si elle ignorait qu'un orgasme pouvait être aussi bon. Ou alors, elle ignore ce que les hommes ressentent dans ces moments-là. À quel point j'ai envie de la récompenser de m'avoir causé autant de plaisir.

Elle hoche la tête.

— Tu es sûre ?

Je lui caresse l'extérieur de la cuisse, jusqu'à l'élastique de sa culotte. Sa peau est douce et lisse. La toucher est un putain de privilège. Je baisse de nouveau la tête pour lui embrasser l'intérieur de la jambe, au niveau du genou. Je remonte légèrement.

— Tu étais super belle, quand tu as joui.

C'est marrant comme il est facile d'être honnête avec elle,

dans mon euphorie post-orgasmique. De faire tomber ma carapace et de lui avouer la vérité : qu'elle me plaît énormément, malgré nos débuts difficiles.

— Bailey.

Elle ne m'a toujours pas répondu. Elle est sans doute toujours sans voix, mais je préfère m'en assurer.

— Parle-moi, Pink.

Elle peine à se hisser à nouveau sur les coudes.

— Oui, ça va. Ça va.

Elle est abasourdie, débraillée. Magnifique.

Je l'aide à se redresser, puis je la place sur mes genoux. C'est dans ces moments-là que je suis bien content de conduire un vieux pick-up. C'est parfait pour s'envoyer en l'air. Les sièges sont longs et larges. Le plafond est haut. Quand j'ai commencé à le retaper, je plaisantais à ce sujet avec mes amis.

Elle reste assise sur mes genoux, le dos un peu raide, comme si elle ne savait pas comment se comporter.

— Viens là.

Je la serre contre mon torse jusqu'à ce qu'elle se détende et se blottisse contre moi.

Nous restons ainsi en silence pendant quelques instants, laissant la réalité reprendre ses droits.

Je me comporte comme si Bailey m'appartenait, comme si je l'avais marqué avec autre chose que mon sperme. Comme si je lui avais donné la morsure de revendication pour déclarer mes intentions éternelles.

Mais rien de cela n'est vrai. C'est une humaine. Toute relation avec elle est interdite. Et en plus, c'est la fille de l'ennemie de mon père. Il verrait ça comme une trahison pure et simple.

— Il est quelle heure ? me demande Bailey, comme si elle aussi avait cogité.

Je sors mon téléphone pour vérifier.

— Minuit et demi. Tu risques d'avoir des problèmes ?

— Je crois. Je ne sais pas. Je ferais mieux de rentrer.

— OK.

J'ouvre ma portière. Je la laisserais bien nous ramener pour m'assurer qu'elle soit à l'aise au volant, mais je doute qu'elle soit en état de se concentrer sur la route, là.

Une autre fois.

Et voilà : je compte revoir Bailey.

Je n'ai pas le choix.

Je la fais glisser sur moi pour la laisser sur le siège passager, puis je ferme la portière avec douceur et fais le tour du véhicule. Nous rentrons en silence. Je m'arrête au bout de notre rue, et j'hésite. Je ne peux pas me garer à nouveau devant chez nous si elle est dans la cabine.

— Je vais descendre ici, propose-t-elle, lisant sans doute dans mes pensées.

— Non, et puis merde.

Je gare le pick-up et descends.

— Je vais te raccompagner chez toi, ajouté-je en allant lui ouvrir.

Elle descend avec maladresse, et je la prends par la main. Elle ne bouge pas et me regarde comme si elle n'en croyait pas ses yeux. Non, d'accord, mon changement de personnalité est assez stupéfiant.

— Ne t'inquiète pas. Demain, je me serai de nouveau transformé en connard.

Son rire est plein de soulagement.

— Viens là, dis-je.

Je prends son visage dans mes mains et l'embrasse. Ce n'est pas le même baiser violent et empressé que tout à l'heure, mais quelque chose de différent. Une excuse, peut-être. D'avoir été aussi con.

De le redevenir bientôt.

Je l'embrasse encore, puis je me mets en route.

— Allez. Je ne veux pas que tu aies d'ennuis.

Alors que je continue d'avancer, je tente de ne pas penser à la facilité avec laquelle je lui sers d'escorte. Avec laquelle je la protège en la raccompagnant. Avec laquelle je lui tiens la main.

Je m'arrête juste avant d'atteindre sa maison.

— Ce n'est pas terminé, lui dis-je comme s'il s'agissait d'un avertissement.

Et c'en est un.

Son regard est méfiant.

— Tu as des péchés à expier. Et c'est moi qui te ferai payer.

Ses commissures se soulèvent comme si je l'excitais.

Tant mieux.

Moi aussi, je suis excité.

J'ai hâte de lui redonner la fessée.

Je la laisse partir sans l'embrasser à nouveau.

— Sois sage, ma belle, dis-je en repartant vers mon pick-up.

Elle reste debout là, le sourire aux lèvres.

C'est la première fois que je la vois sourire comme ça. Si heureuse et détendue. Libre.

C'est grâce à moi.

Je suis submergé par la satisfaction.

Il n'y a pas beaucoup de bonté en moi. Je ne suis pas bon à grand-chose.

Mais faire sourire Bailey vient de se placer en tête de mes buts à court terme.

CHAPITRE NEUF

Bailey

Le lendemain, je m'assois derrière le volant de la Corolla de ma mère et tente de trouver le courage d'allumer le contact.

Je suis étonnée d'être aussi déterminée à y arriver. Comme si je le faisais pour lui. Pour lui faire plaisir.

Et penser à tout ce qu'il a fait pour moi hier me rend toute chose. Je ne parle pas du cunnilingus, même si c'était merveilleux. Mais du fait qu'il m'ait poussée à conduire. Qu'il se soit attribué le rôle d'exécuteur de mes punitions.

Je ne sais pas trop quoi en penser.

Tu sais qu'il faut que ce soit moi qui te punisse. Et tu as besoin que je le fasse.

Je comprends pourquoi il prend plaisir à me faire du mal. Je représente l'enfer qu'est devenue sa vie. Et il a raison, je l'accepte. Parce que je veux être punie.

Et le fait que ça se soit terminé de façon agréable pour nous deux signifie que ce n'est pas si mal... si ?

Je prends une grande inspiration et fais tourner la clé. La

voiture démarre, et je desserre le frein à main. Je sors du garage. Ma mère sort par la porte d'entrée, bouche bée.

Je lâche le volant un instant pour lui faire coucou, et je parcours la rue, sans cesser de respirer profondément pour calmer mon estomac serré. Je traverse la ville. Je passe devant le stade. Je prends le chemin de terre qui mène à l'aire de jeu cachée. Je me gare et sors de la voiture, avant de me faufiler parmi les arbres pour atteindre le parc secret. Il est encore plus beau dans la lumière matinale. Les stries du canyon ressemblent à une œuvre d'art naturelle dans un salon à ciel ouvert.

C'est une belle journée. C'est la période de l'année où les gens sont contents de vivre dans l'Arizona. Loin de la chaleur étouffante du mois d'août, quand nous avons emménagé ici. Dans le Colorado, les premières chutes de neige seraient proches, mais en octobre, il fait encore chaud dans l'Arizona. Pour fêter ça, je porte un short et un débardeur.

Je me raidis en entendant une autre voiture se garer.

Cet endroit n'est peut-être pas si secret que ça.

Mais c'est Cole qui sort de la limite des arbres, un sourire arrogant au visage, ses clés pendues au bout des doigts.

Il ne dit pas un mot, se contente de se diriger vers moi sans s'arrêter. Son corps se cogne au mien, et il me fait reculer, jusqu'à l'abri sans toit, où il me soulève par la taille et m'assoit sur la table en bois. Mon sac à main tombe par terre.

— J'en connais une qui mérite une autre récompense, dit-il d'un ton ronronnant.

Oh, mon Dieu.

Mon sexe se contracte. Mon estomac fait un bond.

Bien sûr, je n'ai pas arrêté de penser à sa récompense de la veille, mais recommencer en plein jour est complètement différent. Et dehors en plus, là où n'importe qui pourrait nous surprendre.

Bon, peut-être pas n'importe qui, vu que c'est notre parc secret. Mais quand même. Je rougis à cette idée.

Cole m'écarte les genoux et me caresse à travers mon short, envoyant un frisson dans mon ventre.

— Tu veux que je recommence avec ma bouche ?

— Euh...

Mon cœur bat à cent à l'heure. Je suis excitée et terrifiée à la fois à l'idée de faire ça à la lumière du jour.

— Je ne sais pas trop.

Cole penche la tête sur le côté et hausse un sourcil.

— Ah bon ? demande-t-il d'une voix incrédule. Eh bien, tu sais ce que je sais, moi ?

Je secoue la tête.

— Je sais que tu as envie que je te donne une autre fessée.

Il me retourne aisément et m'allonge sur la table, mes jambes pendues en l'air.

Il déboutonne mon short et tire dessus pour qu'il tombe par terre.

— Et je sais aussi que je veux voir l'empreinte de ma main sur ta peau.

Je serre les fesses. Un nouveau frisson délicieux me parcourt.

Il passe les pouces dans l'élastique de ma culotte et la fait descendre avec lenteur. Je pense qu'il prend son temps pour me laisser le temps de protester, et cela m'enhardit.

Je crois pouvoir faire confiance à Cole, malgré tout le reste.

L'air frais caresse mes fesses alors que ma culotte glisse sur mes jambes.

Il me donne une tape.

— Aïe !

C'est plus douloureux quand ma peau est nue. Ma peau me picote et me brûle alors que Cole pousse un grognement satisfait. Il caresse l'endroit qu'il vient de frapper avec douceur, comme s'il admirait la courbe de mes fesses.

Il frappe l'autre côté. Je manque de m'étouffer.

— Superbe, murmure-t-il.

Il pose une main dans le bas de mon dos et me donne cinq tapes à la suite.

— Aïe ! Cole, arrête !

Il obéit. En fait, il avait déjà arrêté avant que je le lui demande. Il me caresse à nouveau et penche son torse sur le mien pour me parler à l'oreille :

— Tu veux que j'arrête parce que ça te fait mal, Pink, ou parce que ça t'excite ?

Je prends une inspiration tremblante et déglutis.

— Parce que c'est humiliant, admets-je.

C'est vraiment ça qui me met mal à l'aise et qui m'effraie. Non que je pense qu'il risque de me faire du mal ou d'aller trop loin. Il m'a prouvé qu'il ne le ferait jamais. Ce qui me gêne, c'est de me soumettre à lui alors que je ne suis pas sûre qu'il mérite que je lui montre ma vulnérabilité.

Il me mordille l'oreille.

— On a déjà partagé nos humiliations, Pink. On connaît nos secrets respectifs.

Je halète sous son corps, le sexe mouillé, la bosse de son membre pressée contre mes fesses nues. Je ferme les yeux. Ces sensations sont trop fortes. L'intensité de son regard sur moi me dévoile beaucoup trop.

— Tu as déjà assisté à mon humiliation. Tu m'as vu me faire tabasser devant tout le quartier. Ta présence dans la maison voisine est une putain d'humiliation pour mon père. Pour ma famille.

Il ne mentionne pas mon humiliation avec Brumgard, et je lui en suis reconnaissante. Cet incident n'a pas sa place ici.

— Alors, je vais continuer à te fesser comme bon me

semble, Pink. Et je sais que ça t'excite, parce que tu es trempée.

Il éloigne son membre de mes fesses et promène deux doigts le long de ma fente.

Je pousse une exclamation.

Il a raison. Je suis trempée. Je ne savais même pas qu'il était possible d'être aussi mouillée. J'ignorais de quoi mon corps était capable pour me préparer à être pénétrée.

Non que je compte coucher avec lui.

Il me donne une nouvelle tape, mais moins forte, comme s'il voulait m'épargner, ou y aller mollo le temps d'être sûr que ça me plaise vraiment.

— Selon moi, tu me dois ces humiliations, Pink. Et je vais les prendre, une par une, jusqu'à ce que tu sois mise à nu devant moi.

Un frémissement me monte dans les cuisses.

J'entends le froissement de son pantalon, et je tourne la tête pour le regarder sortir son sexe.

— Je ne vais pas te baiser, Pink, dit-il immédiatement pour que je ne panique pas comme hier. Tu vas serrer tes petites cuisses sexy, et je vais me frotter contre ta jolie petite fente jusqu'à ce qu'on jouisse tous les deux.

Oh la vache.

Je ne sais absolument pas ce que je fais et pourtant, tout me paraît naturel, nécessaire. Mon corps n'a pas besoin d'instructions. Il sait déjà que je suis partante.

— Compris ? me demande-t-il.

Il parle à nouveau comme l'alpha-bruti qu'il est, mais je réalise qu'il attend mon feu vert.

— Oui, soufflé-je.

— C'est bien.

J'ignore pourquoi je suis aussi contente qu'il dise cela,

peut-être parce que j'essaye toujours d'être sage. Et je croyais l'être, jusqu'à l'accident ;

Il frotte son membre contre mon sillon fessier avant de le glisser entre mes cuisses, comme promis. Son érection dure comme du bois, mais aussi douce que du velours caresse mon entrée avant de la dépasser, m'envoyant une vague de plaisir dans les jambes. C'est encore meilleur qu'avec ses doigts.

Il frémit.

— Bon sang. C'est beaucoup trop dangereux, dit-il.

Je ne suis pas sûre de savoir ce qu'il entend par là. Peut-être qu'il risque de me pénétrer par erreur. Ou de ne pas être capable de se maîtriser. Il recule et crache sur sa main, avant de se lubrifier le sexe et de se glisser à nouveau entre mes cuisses.

— Serre-les bien pour moi, Pink. Tu peux faire ça ?

Sa voix est grave et rocailleuse. Un peu désespérée.

— Oui.

Il me tire les hanches en arrière et pose les mains sur mon pubis, comme je le fais pour me masturber. Je gémis et me frotte contre lui pendant qu'il va et vient entre mes cuisses, à l'endroit le plus serré.

— Bon sang, Pink.

J'aime la façon dont sa voix se brise, comme s'il n'arrivait plus à se contrôler. Il glisse un doigt en moi, mais je crois qu'il a du mal à se concentrer sur nous deux en même temps. Il a le souffle saccadé. Au bout d'un moment, il se retire et me donne une tape sur les fesses. Il enlève ma culotte, déjà basse sur mes jambes, et me donne une nouvelle claque sur les fesses.

— Écarte les jambes, Pink. Le plus possible.

Je m'exécute. Il prend mes fesses dans ses mains et les écarte. Je ne m'attendais pas à ce qu'il fait ensuite. Je ne savais même pas que ça existait. Il passe la langue de mon sexe à mon anus.

Je pousse un cri et tente de bouger, mais il me maintient.

— Cole ! Tu ne peux pas faire ça. Oh là là, arrête !

Je suis morte de honte. Je manque complètement d'assurance, mais je suis également très excitée. C'est très agréable, et pourtant très, très mal.

Il lève la tête, mais seulement pour me donner trois tapes sur une fesse, avant de me lécher à nouveau, traçant le tour de mon anus avec sa langue. Je gémis, mes jambes trop tremblantes pour me soutenir.

— Un jour, je te prendrai par là, me promet-il d'une voix pleine de désir en passant le pouce sur mon entrée de derrière. Ça fera partie de ta punition.

— Non, gémis-je.

Mais je suis sur le point de m'embraser. L'excitation me fait frémir comme une feuille. Des flammes me lèchent en plein centre.

— Si, Pink. Et tu vas adorer ça. Tu ne peux pas me mentir. Je le sens dans tes fluides.

Ça non plus, je ne savais pas que c'était possible, mais je suis sûre qu'il dit la vérité. J'ai le sexe en feu. Il garde le pouce sur mon anus.

— Serre à nouveau ma queue entre tes cuisses.

J'obéis. Manifestement, je fais tout ce qu'il me dit. Écarter les jambes, les serrer, tendre les fesses pour qu'il les frappe.

Je colle mes cuisses le plus possible pour emprisonner son sexe, et il se remet à aller et venir tout en caressant mon anus. Je me tortille.

— Tu me préviendras dès que tu auras besoin d'être punie, besoin de te défouler. Besoin de pleurer. Besoin de te laisser aller à tes émotions. On viendra ici, et je te donnerai la fessée jusqu'à ce que tu sois toute rouge, Pink. Je te donnerai toujours du plaisir. Ça, je peux te le promettre.

Il semble à nouveau se lasser de cette position. Elle ne doit pas être pratique pour lui, car il est obligé de plier les genoux pour se mettre à ma hauteur. Il me retourne, me soulève et m'assois sur la table en bois.

Je pousse un cri aigu, pas parce que la table est rugueuse, mais parce que poser mes fesses nues dessus ne me dit rien qui vaille. Il grogne, enlève son tee-shirt, l'étale sur la table, et me soulève à nouveau – qu'est-ce qu'il est fort ! – puis m'assoit dessus. Dès que mes fesses sont posées, il m'allonge sur le dos et fait glisser ses mains sur mon pelvis. Quand il me soulève les hanches et me lèche dans cette position, je pousse une exclamation et serre les cuisses sur ses oreilles, avant de passer les jambes par-dessus ses épaules larges.

— Cole !

— Continue de dire mon nom, ma belle.

Il mordille mes grandes lèvres, puis se remet à me lécher avec application.

— Cole, Cole, Cole, scandé-je.

Il rit contre moi.

— Tu vas attendre que je te dise de jouir, cette fois ?

Mon cerveau est trop embrouillé pour décrypter ses mots. Tout n'est que plaisir et sensation. Chaleur et désir.

— Cole... Cole.

— Pas avant que je t'y autorise, m'avertit-il.

Et enfin, je comprends. Je suis censée attendre pour atteindre l'orgasme. Jouir sur commande.

Est-ce comme ça que ça marche ? Je n'ai jamais entendu parler d'une telle chose, mais je suis loin d'être une experte. Apparemment, il y a beaucoup plus de choses que la pénétration.

Il change une de ses mains de position et enfonce son

pouce dans mon sexe, tout en continuant de me caresser avec sa langue.

— Maintenant, Pink, m'ordonne-t-il.

Il se met à me suçoter tout en allant et devant avec son pouce et en caressant mon entrée de derrière avec l'un de ses doigts.

Je crie.

Je frémis.

Je jouis.

Fort.

Cole

Je vais crever, c'est sûr. Mes bourses sont gonflées et douloureuses, et ma queue est aussi dure que du granit. Quelque chose chez Bailey me donne envie de faire plein de trucs salaces. J'ai regardé beaucoup de porno – comme la plupart des adolescents de dix-huit ans –, et en cet instant, j'ai beaucoup d'idées cochonnes en tête.

Quand elle finit de jouir, je la prends par les épaules et la soulève de la table. Je la pose au milieu et arrange mon tee-shirt sous ses fesses. J'aurais pu lui ordonner de changer de position. Elle est délicieusement obéissante, ce qui me donne le sentiment enivrant de pouvoir faire d'elle tout ce que je veux. Mais il y a quelque chose d'excitant dans le fait de ne rien lui dire. De déplacer son corps moi-même. Comme si c'était ma poupée gonflable.

Et bien sûr, ce qui m'excite, c'est aussi de voir ce qu'elle me laissera faire. Elle aime ça autant que moi, même s'il y a bel et bien une part d'humiliation. Mais ça ne peut pas être dégradant si elle est consentante, si ? C'est quelque chose qu'elle va devoir déterminer par elle-même, j'imagine. Moi, je me contente de savourer ce moment, parce que je prends un plaisir incroyable, et je n'ai même pas encore joui.

Je la fais rouler sur le ventre. Elle me laisse faire.

Putain, c'est trop bon.

— Je crois qu'aujourd'hui, je vais te baiser par-derrière, déclaré-je.

Quand elle serre les fesses, et tourne la tête pour me regarder d'un air alarmé, je souris et caresse mon érection.

— Je vais juste aller et venir entre tes fesses.

Je me mets à califourchon sur ses cuisses et lui écarte les fesses. Elle se fige, alors j'en frappe une.

— Desserre les muscles, Pink. Tu pourras les serrer quand je serai entre elles.

Elle est déroutée, et je la comprends. Je ne crois pas que les filles regardent autant de porno que nous. Ou alors, sans doute pas le même genre de vidéos.

— T'inquiète, ma belle, dis-je en pinçant une fesse pour l'agiter. Je ne vais pas te pénétrer. Je ferai la même chose qu'entre tes cuisses.

Elle me jette un nouveau regard avec ses grands yeux de poupée, pleins de désir et de vulnérabilité.

— Promis ?

— Promis, ma belle.

Elle se détend, et je glisse mon membre lubrifié de salive entre ses fesses. Je les resserre sur mon sexe et mêle mes pouces l'un à l'autre pour aller et venir sans risquer de glisser.

— Putain, grogné-je.

La vue est super excitante. La sensation encore meilleure. Je tends les hanches pour m'enfoncer entre ses fesses, savourant cet acte torride. Ça a un côté tabou et salace. J'ai couché avec trois filles avant Bailey, mais jamais comme ça, et je ne l'ai même pas encore pénétrée.

J'ai envie de continuer éternellement, mais il est trop tard. J'étais déjà trop excité en commençant, alors je suis incapable de tenir plus longtemps.

— Bailey, Bailey, Bailey, scandé-je à mon tour juste avant de jouir, couvrant le bas de son dos de mon sperme. Oh la vache, c'était excitant.

Je n'ai rien pour l'essuyer, alors je m'allonge à côté d'elle et étale mon sperme sur ses fesses. Je la marque.

Elle n'a pas bougé. Je lui soulève les cheveux et referme les dents sur sa nuque. C'est une petite morsure de rien du tout, mais l'espace d'un instant, mon loup s'éveille, comme s'il croyait que je m'apprêtais à la revendiquer.

Mais bien sûr.

C'est une putain d'humaine.

Alors pourquoi cette idée me donne-t-elle des frissons partout ?

Je me mets sur le dos et pose une main sur les fesses de Bailey. Elle se retourne, et nous admirons le ciel bleu.

— La prochaine fois, j'aimerais te faire une fellation.

Je manque de m'étouffer. Mon membre surgit hors de mon jean ouvert.

— Tu ne peux pas dire un truc pareil à un mec, dis-je en entremêlant mes doigts aux siens contre la table.

— Pourquoi ?

Je lâche un petit rire sans joie.

— Parce que maintenant, je ne pourrai ni dormir ni manger tant que ça ne sera pas arrivé. Je serai constamment excité en m'imaginant à quoi tes lèvres boudeuses ressembleront autour de ma queue.

— Bon sang, Cole.

— Quoi ?

— Tous les mecs parlent comme ça à leur cop... partenaire ?

— Ah, dis-je en riant. Non, sans doute pas. Désolé, l'intello. Tu as le droit à la version sans filtre.

Nous gardons le silence un moment, puis je remarque :

— Heureusement que tu ne viens plus au cours de journalisme.

En fait, sa présence dans la chaise voisine me manque tous les jours. Même si à l'époque, la voir me mettait en rogne, elle m'obsédait déjà.

— Pourquoi ?

— Parce que sinon, je banderais tout du long.

C'est la vérité. Si nous avions cours ensemble j'aurais une tente entre les jambes pendant toute l'heure.

— Ouah. C'est douloureux ?

— Ouais, carrément. Et ça serait vachement gênant.

Je soulève nos doigts entrelacés pour admirer cet étonnant retournement de situation. Ai-je déjà tenu la main d'une fille ? Je ne crois pas. C'est la première fois que je noue un lien pareil. Un attachement aussi fort.

— Tu peux revenir, si tu veux. Je m'assurerai qu'il ne te regarde pas, qu'il ne t'adresse pas la parole. Si tu le voyais, Pink. Il se met à suer à grosses gouttes dès que j'entre en classe.

Sa main devient plus froide.

— Bien sûr que tu n'as pas envie de revenir, réponds-je à sa place. Désolé, c'était une idée débile.

— J'envisage toujours de lancer le journal, dit-elle. On a cherché des idées de rubriques, avec Rayne.

— Ah bon ?

Je réalise que je ne sais pas grand-chose de cette histoire de journal, ce qui est bête, car avant même de l'embrasser, j'ai veillé à découvrir le plus de choses possibles sur Bailey.

— Comment tu comptes faire, alors ?

— Eh bien, je ne sais pas trop. À la base, Bru... Brumgard...

— Le connard, complété-je.

— Le connard devait demander aux élèves de travailler sur les articles, et je les aurais corrigés et mis en forme. Mais je pense qu'avec Rayne, on se débrouillera à deux.

Je réfléchis un instant.

— Nan, tu devrais l'obliger à bosser pour toi. Envoyons un mail à ce salopard. Où est ton portable ?

Je descends de la table pour aller chercher son sac, qu'elle a laissé tomber par terre quand je lui ai sauté dessus. D'humeur généreuse, je lui jette également sa culotte et son short. J'ouvre son sac et en sors son téléphone, que je lui tends.

— Ouvre ta boîte mail.

— Pourquoi ?

Elle est méfiante, ce qui m'agace. Je ne lui ai donné aucune raison de me faire confiance, mais j'ai quand même envie qu'elle le fasse. Je veux le beurre et l'argent du beurre. Je veux qu'elle me fasse confiance, tout en continuant de la tourmenter. Je lui reprends le portable des mains et passe le pouce sur l'application de messagerie.

— Pink, quand je te donne un ordre, tu es censée répondre *oui, Monsieur*.

Avec un petit rire moqueur, elle répond :

— Dans tes rêves, mon pote.

Nous nous tournons l'un vers l'autre sur la table et je souris, parce qu'effectivement, c'est un peu ridicule.

— Oui, *papa* ?

— Beurk, commente-t-elle en me donnant un coup de poing. Pervers.

— Ne fais pas comme si ça ne te plaisait pas d'obéir à mes ordres. Ton corps ne ment pas, ma belle.

Elle rougit, et je grave dans ma mémoire ses joues rouges qui font ressortir ses beaux yeux bruns et sa mèche rose.

— En tout cas, j'envoie un mail à Connard, reprends-je. Je vais lui dire comment ça va se passer, dorénavant.

Les tétons de Bailey durcissent. Par le destin, ils soulèvent même son débardeur (et en parlant de débardeur, ouah !). Le fait que mes paroles puissent l'exciter à ce point me donne une nouvelle érection.

J'ouvre sa boîte mail et écris à Connard, tout en lisant ce que je tape à voix haute :

— *M. Connard,*

Bailey me prend par le poignet pour lire sur l'écran. En fait, j'ai écrit Brumgard. Elle sourit et me lâche.

— *Comme vous l'avez remarqué, je n'assiste plus à votre cours. Je ne désire toutefois pas mettre mon éducation en péril.*

Je tourne la tête vers Bailey pour lui sourire, et je lui demande :

— Ça va, ça fait assez intello ?

Elle me rend mon sourire avec une chaleur que je n'avais encore jamais vue dans ses yeux. Cette expression éveille quelque chose chez moi.

— Tu ne te doutais pas que j'avais un vocabulaire pareil, hein ? Tu me prenais pour un cancre ?

Elle me donne une tape dans les côtes du dos de la main.

— Continue. Voyons de quoi tu es capable.

— *Par conséquent, je souhaite maintenir le projet de publication d'un journal étudiant. Voici les articles que vous répartirez en classe :*

Je lui tends le téléphone.

— Vas-y, complète.

Elle prend le portable sans me quitter des yeux, comme si elle réfléchissait sérieusement.

— C'est ton chien, Pink. Traite-le comme ton domestique. Envoie-lui les idées d'articles. D'accord ?

Son pouls bat à toute vitesse dans son cou, comme si cette idée l'excitait. Ou alors c'est moi qui l'excite, car ses tétons sont toujours durcis. J'en pince un à travers son tee-shirt, et elle sursaute avant d'essayer de le couvrir de son bras.

— Non non, dis-je en la chevauchant tout en lui coinçant les poignets au-dessus de la tête, son portable toujours dans sa main. J'ai le droit de torturer tes tétons librement. Tu te souviens ?

Elle secoue la tête.

— Je ne me souviens pas avoir donné mon accord.

Je hausse les épaules.

— Je suis ton bourreau. C'est moi qui choisis tes punitions.

Elle rougit, et l'odeur de son excitation m'enivre. Je penche la tête pour lui lécher le cou, de la clavicule à la mâchoire. Ses petits halètements ne font qu'amplifier mon désir.

— Si tu ne fais pas attention, je vais réclamer ma fellation ici même, Pink.

Elle fait mine de se débattre.

— Faire attention à quoi ? Je n'ai rien dit.

C'est vrai. Elle ne sait pas que je peux sentir son excitation. Elle-même n'a sans doute pas l'odorat assez développé, ce qui est bien triste. Je me promets mentalement de prendre garde à ce que je dis en sa présence. Je suis beaucoup trop à l'aise.

Je braque les yeux sur ses seins.

— Tu as les tétons qui pointent, ma petite. Ça m'excite.

— Oh.

Elle rougit une nouvelle fois et baisse la tête pour vérifier.

— Je ne, euh, je ne savais pas que tu les voyais.

J'agite mes sourcils.

— Oh, que si. Je les vois très bien.

Plein de compassion, je la lâche et roule sur le côté.

— Tu as autre chose à faire. Envoie-lui ta liste, ma belle.

CHAPITRE DIX

Bailey

Merde. Je crois que je suis sous le charme de Cole Muchmore. Depuis hier soir, depuis notre premier baiser, même, je
suis toute guillerette, presque surexcitée. Est-ce du désir ? De
l'amour ? Une attirance passagère ? Les choses n'étaient pas
censées se passer ainsi. Cole est un con... *était* un con. Je ne
sais plus. Il est en train de mettre ma vie sens dessus dessous.

Ce qui n'est pas une mauvaise chose.

C'est merveilleux, enthousiasmant, incroyable.

Et c'est bien ça le problème.

Je lui glisse un regard en coin alors que je dresse de
mémoire la liste que Rayne et moi avons compilée. Il est
beau. Son torse nu et musclé est bronzé, sublime à la lumière
du soleil. Ses cheveux sont ébouriffés, et il a son habituel
sourire en coin qui me fait battre le cœur à cent à l'heure
chaque fois que je le regarde. S'il n'y avait que son physique,
je serais capable de résister. Mais je suis incapable de lutter
contre ce que ressent mon corps, de la satisfaction et du
manque à la fois. Chaque zone intime qu'il a visitée

aujourd'hui est toujours submergée de sensations, ultra-sensible.

Ce qui m'interpelle le plus, c'est le côté protecteur qu'il a envers moi face à Brumgard. J'aimerais bien pouvoir dire que je suis assez grande pour me défendre toute seule, et c'est en grande partie vrai. Mais avoir la brute du lycée dans mon camp me satisfait au plus haut point. Le regarder diriger son côté intimidant contre le professeur qui m'a agressée me plaît.

Énormément.

Je termine ma liste et tends le téléphone à Cole avant d'envoyer le message. Il la lit, puis hoche la tête, avant de continuer à taper.

— *Nous correspondons par mail, car je ne veux pas vous voir en personne. Veuillez me faire parvenir les articles dans deux semaines.*

Cole me regarde et ajoute :

— Il te faut autre chose ?

— Euh, oui. Je veux savoir comment faire pour imprimer le journal. Est-ce qu'il faut que je demande des devis ? Et qui paiera ? Ah, et je ne sais pas non plus comment le formater.

— D'accord.

Il se tourne de nouveau vers l'écran.

— *Veuillez également me dire comment le journal sera imprimé, et comment il doit être formaté. Je m'attends à conserver une moyenne irréprochable, et j'attends vos lettres de recommandation avant la fin de la semaine.*

Cole hausse un sourcil et me demande :

— Tu veux inclure autre chose ?

Il a raison. J'ai carrément les tétons qui pointent. Ça m'excite de le voir se servir de son pouvoir d'alpha-bruti. L'assurance, c'est sexy. Super sexy.

Il sourit et pince l'un de mes tétons entre le pouce et

l'index pour me montrer que mon excitation ne lui a pas échappé.

Mince ! Je suis foutue.

J'étais sérieuse, quand je lui ai dit que je voulais lui faire une fellation. Je ne l'ai encore jamais fait, mais il m'a déjà léchée deux fois. En plus, il ne m'a jamais mis la pression pour que l'on couche ensemble. Ou pour me pénétrer. Alors j'ai envie de lui faire plaisir à mon tour.

Cette idée me donne des papillons dans le ventre. J'aime savoir que nous allons recommencer. Je ne saurais pas définir notre relation – surtout que son père le tuerait s'il l'apprenait –, mais pour moi, nous sommes ensemble.

Même si je sais que coller une étiquette à une relation est le meilleur moyen de mettre les gens dans des cases.

— Cole ?

Je ne le regarde pas. Je garde les yeux rivés sur le ciel bleu parsemé de nuages blancs moutonneux.

— Oui ?

— Tu n'étais pas censé me plaire.

— Ne commence pas, répond-il presque immédiatement, sans trace de son ton enjoué. Tu le regretteras.

Aïe. Si ma méfiance avait disparu quand il m'avait promis que nous garderions nos secrets respectifs, elle revient au galop. Je m'assois pour fuir au plus vite. J'essaye de descendre de la table, mais les bras musclés de Cole s'emparent de ma taille, et il m'assoit sur ses genoux.

— Ne t'en va pas.

Son ordre est plein de douceur, ses lèvres contre mon oreille.

Il me mord le cou, puis l'embrasse.

— Je ne veux pas que tu t'en ailles.

Il lève la main qui m'enlace pour la glisser sur l'un de mes seins.

— Je ne sais pas ce qu'on est en train de faire, mais j'adore ça, ajoute-t-il. Et toi aussi. On en a tous les deux besoin. Admets-le.

Comme je suis toujours vexée, je garde les lèvres pincées, même s'il a raison.

Face à mon silence, il me lâche le sein et me fait tourner sur ses genoux jusqu'à ce que je me retrouve à califourchon sur lui. Sa force est stupéfiante. Je ne m'étais encore jamais sentie aussi légère et menue. Au moins, je n'ai pas peur de lui écraser les cuisses.

— Je ne serai pas ton petit ami, Pink. Je ne te tiendrai pas la main dans les couloirs, et je ne t'inviterai pas au bal de promo. Tu as bien vu. Je ne peux même pas te ramener chez toi sans que ça fasse un drame. J'ai déjà bien assez de mal à gérer les choses comme ça.

Il me caresse la cuisse, comme pour adoucir la sévérité de ses paroles.

— Alors pas d'histoire d'amour pour nous, poursuit-il. Ni de relation. N'attends rien de moi. La seule chose que je peux te promettre, c'est ce qu'on a déjà. Ça.

Il agite la main pour englober le parc et la table de pique-nique.

J'ai toujours envie de fuir. Il se montre sincère avec moi. Je devrais m'en réjouir, mais j'ai plutôt l'impression qu'on est en train de me plaquer. Et après ce qu'il vient de se passer entre nous, je suis trop à vif pour ça. Je hoche la tête et tente de lever la jambe pour descendre, mais il la rattrape.

— Bailey.

Il croise mon regard et le soutient, ses yeux sombres pleins d'intensité.

— Quoi ?

Je suis énervée, et je ne cherche pas à le cacher.

— Toi non plus, tu n'étais pas censée me plaire. J'étais

furieux. Tu as emménagé dans la maison voisine quand les choses allaient au plus mal avec mon père. Il venait de se faire renvoyer et d'être remplacé par ta mère, et il buvait tellement que l'on aurait dit qu'il cherchait à se tuer. Depuis le départ de ma mère il y a deux ans, il a tendance à boire et à être violent, mais maintenant, c'est bien pire.

Mon estomac se serre. Cole se livre à moi, et je ne m'y attendais pas.

— En gros, j'avais une vie de merde et je voulais trouver un coupable. C'est tombé sur toi. Je regrette. Non, oublie ça, je ne regrette rien, Pink.

Je le regarde, bouche bée, et c'est ma gorge qui se serre, à présent.

— Je ne regrette rien, parce que je sais qu'on avait tous les deux besoin de ça. Au début, je ne comprenais pas mon obsession pour toi, parce qu'elle partait d'une mauvaise intention, mais maintenant, tout semble plus lumineux. La noirceur a disparu. Je satisfais mon besoin de te punir, et tu te soulages de ta culpabilité. On se correspond. Peut-être que de façon temporaire, pendant cette période de nos vies, on est réunis. On trouve l'absolution. L'un chez l'autre.

J'ai la bouche sèche. Je tente de déglutir, sans succès.

— Alors... c'est seulement sexuel ?

— Non, carrément pas. J'ai déjà couché avec des filles, et ça n'avait rien à voir à ce qui se passe avec toi. C'est bien plus qu'une histoire de sexe.

Il trouve mes mains et entrelace nos doigts, puis les soulève au niveau de nos épaules, comme si nous étions séparés par un mur invisible.

· · ·

— Est-ce qu'on est vraiment obligés de définir ce qu'il y a entre nous ? reprend-il. Je sais qu'on est sur la même longueur d'onde. Admets-le.

Je hoche la tête sans dire un mot.

— Je peux conduire, maintenant. Je pourrais demander mon transfert à Cave Hills. Trouver un mec qui sera content de s'afficher avec moi dans les couloirs du lycée.

— Mais tu ne le feras pas.

— Non. Je ne le ferai pas.

Pour le meilleur ou pour le pire, je suis piégée dans cette danse malsaine avec Cole. Je dois aller jusqu'au bout. Et c'est peut-être tordu, mais pour l'instant, je préfère le voir, l'avoir près de moi tous les jours, même de façon limitée, plutôt que d'aller à Cave Hills.

Je suis surprise de lire du soulagement sur son visage. A-t-il eu peur que je veuille tout arrêter avec lui ? C'est ça, plus que son petit discours, qui réchauffe tout ce qui a gelé en moi. Puis-je me contenter de *ça* ? De cette relation indéterminée ?

Peut-être. Pour l'instant.

Je semble incapable de tourner le dos à Cole, même s'il est un peu comme un accident de voiture que l'on voit arriver sans pouvoir l'éviter. Non, la comparaison est malheureuse. Ça n'a rien à voir. Même quand l'impact se produira, ma relation avec Cole Muchmore aura valu la peine.

Cole

Quand je rentre chez moi, mon père est toujours endormi sur le canapé où il s'est écroulé la nuit dernière.

Je fonce sous la douche. Je suis censé travailler au garage de l'oncle de Bo, aujourd'hui, mais quand j'ai vu Bailey s'en aller au volant de la voiture de sa mère ce matin, je lui ai envoyé un message pour lui dire que j'arriverais en retard. Bo m'a harcelé de textos, mais je m'en fous. Je n'échangerais cette matinée contre rien au monde.

Je tombe sur Casey, qui sort de la salle de bains que nous partageons à l'étage. Ses narines se dilatent en sentant mon odeur, et elle se renfrogne. Elle m'attrape par le tee-shirt et me pousse dans la salle de bains avant de refermer la porte. Comme si notre père risquait de nous entendre, dans son état.

— Qu'est-ce que tu fabriques, putain ? me demande-t-elle dans un chuchotement furieux. Son odeur est partout sur toi.

Je l'ignore et enlève mon tee-shirt.

— Sors de là, Casey.

— Cole, je suis sérieuse. Tu ne peux pas faire ça. T'es dingue, ou quoi ? De toutes les humaines que tu pourrais te taper, tu choisis celle-là ? Tu veux crever ?

Sans savoir pourquoi, je suis furieux qu'elle pense qu'il n'y a que du sexe entre Bailey et moi. Comme si elle faisait partie de ces humaines sur lesquelles les alpha-brutis s'entraînent. Je montre sûrement les dents en grognant, car ma sœur sursaute et fait un pas en arrière, se soumettant automatiquement à mon autorité d'alpha.

— Par le Destin, Cole, s'exclame-t-elle.

Elle semble surprise. Apeurée, même.

— Elle compte pour toi.

— Dégage, Casey.

Elle me contourne pour ouvrir la porte et se faufiler à l'extérieur.

— Cole, tu ferais mieux d'arrêter tes conneries avant qu'on se fasse tous virer de la meute. On n'est déjà pas très bien vus. L'Alpha Green nous aurait sans doute déjà bannis, avec les conneries de papa, si on n'était pas toujours au lycée, toi et moi.

Ses mots me font l'effet d'un coup de poing dans le ventre.

— Je maîtrise la situation.

C'est un pur mensonge, mais je vais régler ça. D'une façon ou d'une autre.

Je ne peux pas foutre en l'air l'avenir de Casey en même temps que le mien, tout ça parce que je suis incapable de me contrôler face à Bailey Sanchez. Ce n'est pas correct.

Ma sœur secoue la tête alors qu'elle ferme la porte, et je porte sa réprobation avec moi sous la douche alors que je me lave de l'odeur délicieuse de Pink, des traces de ma trahison envers mon père, ma famille et ma meute.

Putain.

CHAPITRE ONZE

Cole

La semaine est presque terminée, et j'ai réussi à rester à l'écart de Bailey. J'aimerais pouvoir dire que cette distance m'a permis de remettre de l'ordre dans mes idées et de me convaincre que je n'ai aucun avenir avec une humaine, et encore moins celle-là.

Mais au lieu de me guérir de cette obsession, le temps que j'ai passé loin d'elle m'a rendu complètement fou. Je pense à elle en permanence. Je me masturbe trois fois par jour en me revoyant lui donner la fessée et me frotter à son cul rebondi. Quand je suis chez moi, je regarde sa fenêtre et je lui envoie des messages. Je lui ai d'abord demandé par texto si elle avait obtenu une réponse de Brumgard. Puis je l'ai informée que le professeur nous avait distribué ses idées d'articles. Je lui ai dit quel sujet m'a été attribué, et je lui ai demandé de le faire à ma place. Elle m'a envoyé un GIF avec une fille qui fait un doigt d'honneur, ce qui m'a fait rire. Elle accepterait sans doute quand même d'écrire l'article à ma place, mais en réalité j'ai hâte de m'en charger. Ça me motive de savoir que je le fais pour elle et pas pour Connard.

J'ai choisi d'écrire un article pour la rubrique « héros sportifs de Wolf Ridge ». Je compte interviewer Wilde au sujet de son rôle de capitaine et sur ce qu'il implique. Un très bon sujet.

Quand je suis au lycée, je passe mon temps à la chercher dans les couloirs. Et quand je l'aperçois – bon sang, quand je l'aperçois –, j'ai toujours envie de la jeter sur mon épaule et de l'emmener dans un coin pour refaire des choses cochonnes avec elle.

Je me contente de lui faire des clins d'œil quand nous nous croisons. Ou de lui jeter des regards noirs à l'autre bout de la cour. Elle arrive toujours à le percevoir. Elle se retourne et rougit. Elle se frotte la nuque comme si elle avait la chair de poule.

Mais les humains n'ont pas ce genre de sixième sens, si ?

Mais aujourd'hui... aujourd'hui, elle ne porte pas l'une de ses robes habituelles. Elle a mis le même minishort que samedi, et ça me rend complètement dingue. Je la trouve après les cours et la coince devant son casier, en faisant mine de la harceler. Et c'est ce que je fais, d'ailleurs.

— Putain, qu'est-ce que tu portes ? grogné-je à son oreille.

Elle tourne la tête sur le côté, mais pas assez pour croiser mon regard. Juste assez pour que je la voie.

— Qu'est-ce que ça peut te faire ? répond-elle avec insolence.

Je me colle davantage à elle, laissant la bosse de mon érection toucher l'arrière de son short.

— Tu ne peux pas porter de short aussi court au lycée. Surtout si c'est *ce* short.

Elle fronce les sourcils.

— Qu'est-ce qu'il a de particulier ?

— Ne fais pas l'innocente, Bailey. La dernière fois que je t'ai vue avec, je te l'ai enlevé. Tu sais très bien ce que tu es en train de me faire. Je vais te donner une fessée qui te laissera deux fois plus rose que ça.

Je tire sur la mèche rose pâle qui encadre son visage.

Son rire est rauque et grave. Un peu nerveux. L'odeur de son excitation flotte entre nous, et mes narines se dilatent.

Elle jette un regard derrière moi, cependant, vers l'endroit où se trouvent mes amis, occupés à nous observer.

— Tu ferais mieux d'y aller, me dit-elle.

— J'ai pas envie.

C'est vrai, je n'en ai *vraiment* pas envie. Le désir que j'éprouve pour elle semble être de plus en plus fort. Sans doute à cause de la pleine lune qui approche. C'est dingue, parce que ce n'est même pas une louve. Elle ne devrait pas m'exciter à ce point. On dirait que mon loup veut déjà s'accoupler.

— Merde, grommelé-je à haute voix.

Ça veut dire que je devrais garder mes distances pendant le week-end. Sinon, je risque de perdre le contrôle, et cela aurait des conséquences désastreuses. La situation est tellement critique que je vais peut-être devoir demander à Austin de jouer les baby-sitters pour qu'il s'assure que je n'aille pas la retrouver.

— Retrouve-moi après l'entraînement, dis-je à brûle-pourpoint.

Même si mes amis risquent de m'entendre, avec leur ouïe surhumaine. Même si la fréquenter dans un endroit public est une mauvaise idée, presque aussi mauvaise que de la retrouver près de chez nous.

Elle ouvre grand les yeux, comme extatique.

— Où ça ?

Je réfléchis en vitesse.

— Ici. Au lycée. Dix-huit heures. Je t'attendrai près des vestiaires. Tu pourras entrer par la porte qui se trouve dans ce bâtiment.

Pink conduit régulièrement et possède une voiture, désormais, une Coccinelle d'occasion. En la voyant, mon père s'est lancé dans une tirade sur cette « sale humaine pourrie gâtée ».

— D'accord, répond-elle.

Elle baisse la tête et dissimule un sourire. Elle respecte le fait que nous devions cacher notre relation, et je lui en suis reconnaissant.

— À tout à l'heure pour ta fessée, murmuré-je avec un clin d'œil.

Je prends sur moi pour ne pas lui donner une tape sur les fesses avant de m'éloigner.

L'entraînement passe comme dans un brouillard. Je ne saurais même pas dire sur quels exercices nous avons travaillé ou si j'ai fait ce que l'on me demandait. J'ai pensé à Bailey tout du long.

Après notre session, je dis à Casey de rentrer avec Austin, puis je prends une longue douche méticuleuse. À dix-huit heures, tout le monde est parti. J'ai envisagé de l'attirer dans les vestiaires et de m'occuper d'elle sur un banc, mais je réalise que si je fais ça, tous les membres de l'équipe sentiront son odeur dans la pièce demain.

Le terrain de football n'est pas mieux, car n'importe qui pourrait nous voir.

Je sors pour attendre Bailey près de la porte de derrière, sans cesse de réfléchir à l'endroit où je pourrais l'emmener. Elle arrive avec un sac de fast-food, qu'elle brandit devant moi.

— Je me suis dit que tu aurais peut-être faim, dit-elle.

L'odeur de la nourriture me frappe de plein fouet. Je suis affamé. Depuis que mon père a perdu son travail, Casey et moi nous nourrissons essentiellement de nouilles instantanées et de burritos surgelés, les seules choses que je puisse me permettre avec mon petit boulot au garage. Quoi qu'il en soit, si n'importe qui d'autre avait essayé de m'acheter à manger, je l'aurais tabassé.

Mais venant de Bailey ? Je ne sais pas, quand ça vient d'elle, c'est différent.

Et sa prévenance me laisse sans voix.

Je lui prends le sac des mains pour regarder à l'intérieur. Deux hamburgers, deux frites et deux milk-shakes. C'est mignon. Elle ne se doute pas que j'ai un appétit de métamorphe.

— Tout est pour moi, hein ? demandé-je avec un grand sourire.

Les étoiles dans ses yeux quand elle me regarde me donnent l'impression d'être un héros.

Un type que je n'ai jamais été.

C'est alors que je réalise que l'odeur de friture couvrira celle de Bailey. Ce genre d'odeur est capable d'imprégner mon pick-up pendant des jours. Si je l'emmène dans les vestiaires, personne ne repérera l'odeur d'une humaine. Seulement celle de la viande et des frites.

Je prends Bailey par la main et la traîne à l'intérieur. J'ai le ventre qui gargouille, mais je laisse tomber le sac sur un banc.

— Tu mérites une récompense, dis-je en glissant les mains sous son short pour toucher sa peau.

Elle se met à respirer plus vite, et ses pupilles se dilatent. Je fais glisser mes lèvres sur les siennes. Rien à voir avec les baisers violents et passionnés que je lui ai donnés avant.

Quelque chose de plus sensuel. De plus exploratoire. Je promène mes paumes sur ses fesses, sur son ventre. Elle tremble déjà. Et son odeur a quelque chose de différent. J'essaye de la sentir malgré le fumet de la nourriture.

Puis je comprends.

— Tu es stressée.

Bien sûr qu'elle est stressée. Elle manque d'expérience, et j'ai fait peser beaucoup d'attentes sur ce rendez-vous : une fessée, une fellation, tout ce dont j'ai passé la semaine à fantasmer.

Son visage se fait vulnérable.

— Je vais trop vite ? m'enquiers-je.

Elle arrête tout bonnement de respirer, sans cesser de me regarder avec ses yeux de biche. Une biche illuminée par les phares d'une voiture dans la nuit.

Je la lâche et la prends par la main.

— On n'est pas obligés de faire ça. Viens, allons plutôt faire un tour.

Je ne veux surtout pas mettre la pression à une fille vierge. Ce n'est pas mon genre. Je veux que les filles soient consentantes et enthousiastes.

Non. Je veux que *Bailey* soit consentante et enthousiaste.

Les autres filles ne me font ni chaud ni froid, en ce moment. Et je préfère ne pas me demander ce que cela signifie.

Sans attendre de réponse de sa part, je prends la décision qui s'impose et ramasse le sac pour sortir des vestiaires. Mes fantasmes peuvent attendre.

～

Bailey

Un mélange de soulagement et de déception me parcourt alors que nous sortons main dans la main sur le parking. Il reste encore quelques voitures, peut-être celles des agents d'entretien.

Cole avait raison ; j'étais stressée. J'ai eu la bêtise de lui promettre une fellation, et maintenant, il s'y attend, ce qui me fait paniquer, car je ne sais pas du tout comment m'y prendre. Il y a un million d'années, Catrina m'a conseillé de faire comme si je léchais un sorbet, mais à présent, ses instructions me semblent un peu insuffisantes. Il y a sans doute autre chose. Et pourquoi ne me suis-je pas renseignée sur Google ?

Alors je me sens un peu bête, très soulagée, et carrément conquise par la délicatesse de Cole.

Où est donc passée son arrogance d'alpha-bruti ? Je m'attendais plutôt à ce qu'il m'ordonne de me mettre à genoux et qu'il me dise quoi faire.

Bon, OK, ce serait plutôt excitant.

Et ce serait sans doute plus facile que de devoir improviser.

En chemin, Cole me lâche la main pour fouiller dans le sac et en sortir son hamburger.

— Putain, c'était vachement attentionné de ta part, Pink, dit-il la bouche pleine.

Je prends le sac pour qu'il ait les deux mains libres, et je pioche une unique frite.

Cole secoue la tête et renchérit :

— Bon sang, tu es un vrai moineau quand tu manges. Les humaines sont vraiment délicates.

— Les humaines ?

— Les filles, je veux dire.

Il continue d'engloutir son hamburger, qui est presque terminé.

— C'est mignon, Pink, ajoute-t-il en avalant sa dernière bouchée. Tu es adorable.

Je tente de ne pas lui montrer à quel point ses mots me font plaisir.

— Oh là là. Est-ce que tu as mâché, au moins ?

Il sourit.

— Je ne sais plus.

Je sors ses frites du sac et les arrose de ketchup avant de les lui donner.

— Tu as mis du ketchup sur mes frites, dit-il d'un ton surpris.

— Oh. Désolée. Tu n'aimes pas ça ?

— J'*adore* ça. Ça me plaît, que tu te plies en quatre pour moi.

J'arrête de marcher et fais mine de m'offusquer.

Cole m'adresse son fameux sourire en coin et me tend la main.

— T'énerve pas, Pink. Je te récompenserai, promis.

Je prends sa main dans la mienne. Nous nous dirigeons vers son pick-up, mais il s'arrête et cherche ma voiture du regard sur le parking.

— Tu me laisses conduire ton nouveau bébé ?

Je sors mes clés de mon sac.

— Si tu veux. Vu que tu m'as laissée conduire le tien. *Forcée* à le conduire, plutôt.

— Et je t'ai récompensée, me rappelle-t-il en agitant les sourcils.

Je rougis. C'était une sacrée récompense. Mon corps s'enflamme à ce souvenir.

— Tu lui as déjà donné un nom ? me demande-t-il en

montant dans le véhicule compact et en faisant reculer le siège au maximum.

Je pousse un petit grognement amusé.

— Tu passes dedans, au moins ?

— On m'a déjà posé cette question, se vante-t-il.

Je lève les yeux au ciel.

— Je n'ai pas encore trouvé de nom qui me plaise. Qu'est-ce que tu en penses ?

Il tourne la clé dans le contact et réfléchit.

— Tu pourrais l'appeler Nouveau Départ. Tu sais, vu que tu recommences à conduire et que tu viens de t'installer ici.

Le chagrin m'accable subitement. Mais ces moments sont plus courts, désormais. Plus furtifs. Je peux me morfondre sur mon sort et retomber dans ma dépression des six derniers mois, ou je peux les laisser passer et accepter qu'ils font partie du processus. Je choisis la deuxième solution et déglutis.

— Partons sur *Nouveau Départ,* alors. Joli nom.

Cole quitte le parking de l'école, visiblement ravi. Je ne l'aurais jamais imaginé être le genre de type qui donne un nom à son véhicule, mais c'est vrai qu'il a l'air d'adorer son pick-up.

— Comment s'appelle ton pick-up ?

— Le Capitaine.

— Prénom *Le,* nom de famille *Capitaine* ?

— Exactement, petite maligne.

— C'est un super pick-up. Tu l'as retapé toi-même, c'est ça ?

— Ouaip. Je l'ai acheté cent dollars à Winslow, le frère de Bo. C'est leur oncle qui tient le garage de Wolf Ridge. Celui qui se trouve entre les rues Mountain et McGee, tu vois ?

Je hoche la tête, même si je ne connais pas encore très bien Wolf Ridge. Et je ne conduis que depuis cette semaine.

— Je travaille là-bas avec Bo le week-end. Depuis mes douze ans. Quand il n'a pas de boulot pour moi, je m'occupe du Capitaine. Il est presque prêt pour une nouvelle peinture, mais je n'ai pas encore les moyens.

Je grimace, même s'il ne dit pas ça pour me faire culpabiliser. Il ne m'accuse pas d'être responsable de sa situation financière, moi ou ma mère.

Cole prend la voie expresse.

— On va où ? demandé-je.

— Je connais un super marchand de glaces à Cave Hills. Notre mère nous y emmenait quand on avait été patients pendant qu'elle faisait du shopping. Tu comptes manger le reste de ton hamburger ?

— Non, non, dis-je en lui en tendant le dernier tiers. J'aurais dû t'en acheter deux.

— Je pourrais en manger quatre à la suite sans me forcer, ma belle. D'où je sors mon endurance, d'après toi ?

Il me fait un clin d'œil, et je lève les yeux au ciel pour tenter de cacher le rougissement qui me monte aux joues.

Tous les moments que j'ai passés avec Cole étaient si inattendus que je ne saurais même pas les catégoriser. Mais ça ? Ça ressemble à un rencard. Il m'emmène manger une glace. Et même si c'est moins excitant qu'une fessée ou une fellation dans les vestiaires, ça a un effet dingue sur mon esprit. Ou sur mon cœur ?

Mince.

Je suis vraiment foutue.

Nous entrons dans la boutique et commandons nos glaces. J'en choisis une au chocolat noir et à l'orange, et lui au chocolat et aux éclats de menthe. Je me retiens de proposer de payer, même si je sais que Cole n'a pas beaucoup d'argent. Il règle la note, et nous sortons manger nos glaces sur le patio qui donne sur la rue animée en contrebas.

— C'est agréable de quitter Wolf Ridge, dis-je.

Nous n'avons fait que vingt minutes de voitures, mais Cave Hills ressemble à une petite ville ordinaire, là où Wolf Ridge conserve une mentalité de village.

Le coin est assez luxueux. La ville jouxte le nord de Scottsdale, alors les gens sont plutôt aisés, et je me crispe un instant, craignant que Cole croie que c'est la raison de ma préférence pour cette ville.

Mais il est d'accord avec moi :

— C'est toujours la même routine, à Wolf Ridge. Les mêmes familles y vivent depuis plus de cent ans. Tout le monde se mêle de tout. Je ne supporte pas ça.

Je réalise qu'il est sans doute victime du mépris de la ville depuis la disgrâce de son père. Même si celle-ci n'est pas de sa faute. Pas étonnant qu'il soit si amer et rebelle.

— Tu comptes t'en aller ? Tu pourrais obtenir une bourse dans une université, avec le football, non ?

Son expression se ferme.

— Nan. Il faut que je reste dans le coin, pour ma sœur. Mais personne ne quitte vraiment Wolf Ridge, de toute façon.

Il hausse les épaules comme s'il acceptait cette réalité.

— Mais est-ce que tu as *envie* de rester ? Je comprends que tu veuilles rester pour Casey... vu la, euh, situation avec ton père. Mais quand elle quittera le lycée ?

— Ferme-la, Pink.

Il ne sourit pas. Cole est retombé en mode alpha-bruti et n'aime clairement pas mes questions.

Mais c'est son mode opératoire, n'est-ce pas ? Il repousse les gens pour ne pas se sentir humilié. Ou désespéré par sa situation inextricable.

Il ramasse nos pots de glace vides et les jette à la poubelle.

— On ferait mieux de rentrer, dit-il d'une voix monotone. Je n'aime pas laisser Casey seule trop longtemps.

Par *seule*, il veut sans doute dire *seule avec notre père*. Je me lève et le suis jusqu'à la voiture. Cole démarre sans me regarder.

— Cole, je crois que toi et ta sœur, vous devriez demander de l'aide. Ce n'est pas normal que vous soyez obligés de vous débrouiller tout seuls, que vous ayez peur d'être chez vous. Si vous prévenez la police, vous serez enlevés à votre père. Je sais qu'il traverse une mauvaise passe, mais là, il ne remplit pas son rôle.

— Ferme-la ! Ferme-la, Pink.

Il abat le poing sur le tableau de bord, et le plastique se fend.

— Merde ! s'exclame-t-il.

Je reste immobile dans un silence choqué, les yeux rivés sur la fêlure.

— Je suis désolé, dit-il d'une voix rocailleuse.

— Non, c'est moi qui suis désolée. Je ne voulais pas t'énerver. Je voulais juste...

— Ça n'a pas toujours été un mauvais père, m'explique Cole d'une voix étranglée. Il n'était pas comme ça, avant.

Les larmes me montent aux yeux et se mettent à rouler sur mes joues. La douleur de Cole me transperce de part en part. Évidemment qu'il aime toujours son père. Les choses ne sont jamais toutes noires ou toutes blanches. Bonnes ou mauvaises. Le père gentil est toujours là quelque part, sous l'alcoolisme et la violence.

Cole tourne enfin les yeux vers moi et réalise que je pleure.

— Et c'est reparti avec les larmes, dit-il amèrement. Pourquoi tu fais ça ?

— Quoi ?

— Pleurer pour moi.

J'essuie mes larmes du dos de la main.

— Je ne peux pas m'en empêcher.

Il tend la main vers moi et attire mon visage vers le sien. Il ne m'embrasse pas, cependant. Il se contente de me dévisager avec un mélange de colère et d'émerveillement.

Je me fige en me demandant quelle émotion l'emportera.

Puis il passe à l'attaque. Il s'empare de mes lèvres, comme la première fois que j'ai pleuré pour lui, mais cette fois, nous sommes coincés dans le petit habitacle de ma Coccinelle. Sa langue pénètre ma bouche, ses doigts sont emmêlés dans mes cheveux. Tout dans son geste est brutal et sauvage.

Passionné.

Il tente de me coller à lui, mais ma ceinture me retient. Alors il saisit mon sein gauche avec force et continue de m'embrasser comme un fou.

Puis, tout aussi vite qu'il a commencé, il me lâche.

Je retombe dans mon siège, essoufflée.

Il me regarde avec des yeux qui semblent dorés à la lueur des lampadaires.

— Tu as de la chance qu'on ne soit pas dans Le Capitaine, ou je te baiserais tellement fort que tu n'arriverais pas à marcher droit demain.

Et, comme s'il s'agissait de la conclusion définitive de notre discussion, il se tourne vers l'avant et quitte le parking. Dans le siège passager, je suis dans tous mes états. Mon entrejambe est en feu, et mes veines fourmillent. Des larmes persistent toujours sur mes joues, et mes lèvres sont gonflées et sensibles après son assaut.

Alors qu'il s'engage sur la voie expresse, il dit :

— Je ne disais pas ça dans ce sens-là, Bailey.

Il ne me regarde pas, ses yeux braqués sur la route. Ses mâchoires se serrent.

— Je ne suis pas du genre à forcer les filles. Je tiens à ce que tu le saches.

Je me redresse et rajuste mes vêtements. Pourquoi suis-je toujours essoufflée ?

— Je sais. Tu me l'as démontré, Cole.

— Quand tu pleures, ça me fait quelque chose.

Il a la voix serrée, et j'y détecte de la confusion, comme si ses propres réactions l'étonnaient.

— Enfin, j'ai toujours envie de te baiser, mais quand tu pleures pour moi, j'ai envie de te *dévorer*.

Il secoue la tête et reprend :

— Oublie ça. Ça n'a aucun sens. Je te fais peur ?

— Non, murmuré-je.

Ce n'est qu'un demi-mensonge. Il m'excite.

Sur le chemin du retour, Cole reprend la parole :

— Ma mère s'est enfuie avec le prof de maths du lycée.

— Oh merde, dis-je en me plaquant une main sur la bouche.

— Ouais. Tu parles d'un putain de scandale. Ils ont quitté la ville ensemble, et on n'a plus jamais eu de nouvelles d'elle depuis.

— Pas même Casey et toi ? Elle n'a pas essayé de vous contacter ?

— Non.

Son visage est le reflet brutal de son amertume et de son chagrin.

— Ça craint.

— Tu m'étonnes, répond Cole en se garant sur le parking de l'école. C'est à ce moment-là que notre famille s'est effondrée. Mon père a commencé à boire. Ça a eu des répercussions sur son travail. Et tu connais la suite.

— Il s'est fait virer, et ma mère a été engagée à sa place, chuchoté-je. Quand même, c'est une sacrée coïncidence qu'on se soit installées dans la maison voisine. Vu la petite taille de Wolf Ridge, je suis étonnée que l'agente immobilière ne nous ait pas prévenues. Tu crois qu'elle ne savait pas ? Pourtant, tout se sait, par ici.

Cole grimace.

— Oh, elle était au courant. Elle s'est sans doute dit que ça servirait de punition à mon père. Quand la brasserie a fermé pendant trois semaines, les trois quarts de la ville ont perdu une partie de leur salaire. Mon père est devenu le plus détesté des pa... euh, des citoyens de la ville.

— Eh bien, c'est vraiment tordu. Les gens devraient essayer de l'aider, plutôt que de le juger et de le condamner.

— Il refuserait qu'on l'aide. C'est un connard borné qui refuse de montrer ses faiblesses.

— Mmm.

Je ne mentionne pas le fait que cette description lui ressemble également, mais il le comprend au ton de ma voix.

— La ferme, Pink.

Mais cette fois, il n'a pas l'air en colère. Il coupe le moteur et laisse mes clés sur le contact.

Cole

Je touche la fente sur le tableau de bord de Bailey.

— Je ne voulais pas faire de mal à Nouveau Départ. Je vais la réparer, je te le promets.

La pleine lune qui approche commence sérieusement à

m'affecter. Tout à l'heure, j'ai vraiment failli marquer Bailey. Un instant, je l'embrassais, et le suivant, mon loup remontait à la surface. Mes canines se sont même allongées pour lui donner la morsure d'accouplement.

Cela ne m'était encore jamais arrivé. Pas même au plus fort de ma puberté.

Je me demande si c'est parce qu'entre elle et moi, il y a autre chose que du sexe. Je ne veux pas seulement coucher avec elle. Je l'ai dans la peau. J'ai envie de lui tenir la main, de la faire rire et qu'elle me raconte ses rêves. Et bon, d'accord, j'ai aussi envie de la baiser jusqu'à ce qu'elle crie mon nom.

Mais tout ça est impossible.

C'est une humaine.

Pas une partenaire acceptable. C'est strictement interdit. Et en plus, c'est la fille d'une ennemie.

Cela ne m'empêche pas de la désirer.

Mais pas pendant la pleine lune. Je dois garder mes distances jusqu'à ce qu'elle passe. Encore quelques jours.

— Merci, murmure-t-elle.

Je la regarde et essaye de déterminer si elle est très fâchée contre moi. Je peux demander à Greg, l'oncle de Bo, de commander un nouveau tableau de bord immédiatement, mais je n'ai pas les moyens de payer. Greg pourrait peut-être m'avancer les frais, mais c'est peu probable.

— Tu assisteras au match de samedi ?

— Bien sûr, répond-elle.

Comme si nous avions toujours été ensemble. Comme si elle ne m'avait pas fait un doigt d'honneur la dernière fois que je lui ai demandé de venir. Enfin, la dernière fois que je lui ai *ordonné* de venir. Le fait qu'elle accepte aussi facilement me fait chaud au cœur et me perturbe à la fois. Je dois me montrer prudent pour que personne ne paye les conséquences de notre histoire.

Nous souffrirons tous les deux, si je ne mets pas un frein à notre relation.

Le problème, c'est que je n'en ai aucune envie.

— T'as intérêt, dis-je. Je te chercherai des yeux. Mais je ne pourrai pas passer du temps avec toi après le match. Avec l'équipe, on a des activités de prévues tout le week-end.

C'est un mensonge. Je préfère dresser des barrières pendant que je me maîtrise encore un peu.

La déception apparaît fugacement sur son visage avant qu'elle ne la dissimule. Elle frotte son tatouage. Il y a une pointe de chagrin que je n'arrive pas à comprendre dans son odeur.

— Mais la semaine d'après, je veux passer du temps seul avec toi, promets-je. Je te punirai pour avoir porté ce short. Tu as l'interdiction de le remettre, sauf si c'est pour sortir avec moi. Compris ?

Elle lève les yeux au ciel et me pousse le bras.

— Tu n'as pas d'ordres à me donner.

Elle joue la comédie. Elle est excitée. Tout mon corps est au diapason du sien, désormais. Sa déception a disparu, remplacée par de la joie.

Parfait.

Elle en a autant envie que moi.

À présent, il ne me reste qu'à résister pendant la pleine lune.

Je me préoccuperai du reste plus tard.

Je descends de voiture et aperçois quelqu'un d'autre sur le parking, quelqu'un avec une Honda Civic rouge que je connais bien.

Adriana.

Elle m'a vu sortir de la voiture de Bailey.

Merde.

Merde et merde.

J'espère qu'elle gardera ça pour elle.

Mais j'en doute fort.

~

Bailey

Après les cours, je vais voir la conseillère d'orientation pour lui parler de mes candidatures à l'université. Quand je quitte l'établissement pour regagner ma voiture, je trouve un sac plastique plein de feuilles coincé sous un essuie-glace de Nouveau Départ.

J'ouvre le sac. À l'intérieur se trouvent les articles du journal. Je regarde autour de moi, même s'il est peu probable que la personne qui a laissé les articles soit toujours là. Était-ce Brumgard ? Ou Cole ?

Je sors mon portable de mon sac à dos pour consulter mes messages. Mon cœur rate un battement quand je vois que j'en ai un de Cole.

Bien sûr que c'était lui.

Laissé les articles sur ta voiture.

Je jette un regard vers le stade. J'ai fait exprès de me garer devant – comme une idiote – pour apercevoir Cole. Son équipe arrive sur le terrain et se met à s'échauffer en faisant des tours de stade. Je le repère immédiatement. À présent, je le reconnais facilement, avec ses larges épaules et sa silhouette fine.

J'ai toujours l'impression qu'il me rend mon regard, quand je l'observe de loin. Même en ce moment, je pourrais jurer qu'il tourne la tête vers moi alors qu'il court. Je reste là à l'observer un moment, jusqu'à ce qu'il passe devant la barrière la plus proche de moi. Au lieu de continuer sa course, il fonce dans la barrière, qui se plie sous le choc.

— Bon sang, Cole, qu'est-ce que tu fabriques, mec ? lui demande son ami Wilde, avant de m'apercevoir. Oh.

C'est une syllabe pleine de désapprobation. Il s'éloigne sans rien ajouter.

— Tu as de la chance qu'une barrière nous sépare, me lance Cole en se reposant sur les anneaux en métal.

C'est sa façon de flirter en public : il m'adresse des menaces subtiles que les autres prendront pour du harcèlement, et que je verrai comme des références sexuelles.

— Ah bon ?

Le plus dur pour moi, c'est de ne pas réagir. De prendre un air nonchalant, ou même mal à l'aise, alors que tout ce que je veux, c'est qu'il se colle à moi et pas à la barrière. Qu'il me caresse avec ses grandes mains. Qu'il me lèche et me morde comme une bête sauvage.

Je suis déçue qu'il soit occupé ce week-end. Samedi, c'est l'anniversaire de Catrina. S'il me faut une punition, c'est bien ce jour-là.

Il me pointe du doigt et se met à courir en arrière.

— Fais gaffe à toi, Pink.

— Oh, tu ne me fais pas peur, lancé-je.

Son visage se fend du sourire en coin qui me met dans tous mes états.

Toute guillerette, je monte dans ma voiture, que je m'en veux d'aimer à ce point. J'ai fait un serment silencieux à Catrina, et ne plus conduire était un moyen de m'assurer de ne plus jamais faire de mal à personne. Une façon de me rappeler tous les jours pourquoi je ne conduis plus.

Mais désormais, c'est Cole qui se charge de mes punitions. Il m'a poussée à conduire. C'est lui qui décide. Au moins, il n'y a pas de verglas, ici, alors je ne risque pas d'avoir un accident à cause d'une route glissante.

Une fois chez moi, je me plonge dans les articles. Brumgard ne semble pas avoir pris la peine de les lire ou de les noter. Certains d'entre eux sont utilisables. D'autres ne valent rien. Je prends celui de Cole et le lis.

Il est bon.

Très bon.

C'est une interview de son ami Wilde sur son rôle de capitaine de l'équipe de football américain. Je m'attendais à un ramassis de clichés ou de vantardises, mais Cole est parvenu à retranscrire sa vulnérabilité et son sérieux. Apparemment, c'est Wilde qui est responsable de la cohésion de l'équipe, sur le terrain et en dehors. Il souffre du syndrome de l'imposteur ; il n'utilise pas ce terme, mais en gros, c'est ça. Il parle des générations de capitaines qui l'ont précédé, y compris son propre père, qui était une star du football au lycée. L'article est passionnant et fait réfléchir, ce qui me pousse à penser que Cole s'est donné à fond pour moi.

Je ramasse mon portable et lui envoie un message.

Je suis impressionnée. C'est le meilleur article du lot. Merci.

Moi aussi, je peux jouer les intellos, me répond-il.

Si seulement tu t'appliquais.

Je peux m'appliquer. Je peux appliquer ma main sur ton cul.

Je lève les yeux au ciel et souris. Puis, comme je me sens soutenue par Cole, j'ouvre ma boîte mail et envoie un message à Brumgard :

Merci pour les articles. J'en ai sélectionné plusieurs pour la publication. Veuillez demander aux élèves suivants de m'envoyer leurs textes par mail afin que je n'aie pas à les

*taper. J'ai les devis des imprimeurs. Pouvez-vous demander
au lycée de couvrir les frais ?*

Traiter un professeur comme mon domestique. Ma vie a
bien changé, depuis que Cole Muchmore, l'alpha-bruti arrogant, est devenu mon mentor.

L'agression de Brumgard aura peut-être eu un point posi-
tif : j'apprends à me faire respecter de plein de nouvelles
façons.

Et pour ça, je peux remercier Cole.

CHAPITRE DOUZE

Bailey

Cole m'a dit que nous ne pouvions pas nous voir ce week-end.

Cela ne m'empêche pas de consulter mon portable ou de regarder par ma fenêtre pour voir si son pick-up arrive après le match.

Je suis allée au stade, comme promis, et cette fois, je me suis vraiment amusée. Rayne et moi étions à nouveau assises au fond des gradins, mais j'étais plus à l'aise. Le reste du lycée avait beau nous snober toutes les deux, la star de l'équipe m'avait personnellement invitée.

Je l'ai vu me chercher des yeux. Je jurerais même qu'il m'a repérée. Il a joué comme un dieu.

Lakeside n'avait aucune chance contre Wolf Ridge. Notre école leur a mis la pâtée. Je commence à comprendre pourquoi les gens de la ville aiment autant le sport. Ils ne subissent jamais de défaites.

Mais à présent, le match est terminé. Ma mère est

toujours en train de travailler sur son ordinateur à la table de la cuisine, et je suis occupée à penser à Catrina.

Je me demande ce que nous serions en train de faire si elle était encore en vie, comment nous fêterions ses dix-huit ans. Allongée sur mon lit, je fais ce que je m'étais promis de ne pas faire : je me torture en ouvrant mon ancien compte Instagram. Elle est là, avec son beau sourire qui illumine photo après photo de nous deux, seules ou avec des amis. Un photo-documentaire entier qui commence à nos treize ans, âge où j'ai ouvert mon compte, et s'arrête avec sa mort.

Je pleure toutes les larmes de mon corps, puis je me reprends.

Ça ne me fait pas de bien, et si je continue à me morfondre, je ne m'en sortirai jamais. Je roule hors du lit et enfile une paire de baskets.

J'ai besoin de sortir de chez moi, et je sais précisément où je veux aller.

— Je vais faire un tour en voiture, maman, lancé-je en me dirigeant vers la porte.

— Bailey ? Attends, où vas-tu ?

Elle se penche dans sa chaise pour me voir à travers le salon, et elle aperçoit mes yeux rouges et gonflés.

— Qu'est-ce qui ne va pas, ma chérie ?

Je ravale un nouveau sanglot.

— Rien. C'est l'anniversaire de Catrina. Je vais faire un tour.

L'inquiétude lui plisse le front.

— D'accord, mon ange, dit-elle comme si elle trouvait que c'était une drôle d'idée, mais qu'elle ne voulait pas me contrarier. Sois prudente.

Je grimace.

— J'essayerai, marmonné-je en fermant la porte derrière moi.

Le soleil s'est déjà couché, et une pleine lune gigantesque s'élève sur Wolf Ridge. La Lune du Chasseur, m'a dit Rayne hier. Quoi que cela veuille dire.

Je monte en voiture et conduis jusqu'à l'aire de jeu abandonnée. Cole m'a dit qu'il aimait s'y rendre quand il avait besoin de s'évader, alors cette destination me semble appropriée. Même si venir ici après le coucher du soleil est un peu effrayant.

Le clair de lune donne une lueur inquiétante aux environs. Mais elle est si lumineuse que je n'ai pas besoin de sortir mon portable pour voir où je vais.

Je m'assois sur une balançoire et pousse sur mes pieds, montant de plus en plus haut. Le vent sur ma peau et la sensation de chute et d'ascension apaisent mon cœur blessé. Je ferme les yeux et me plonge dans la sensation.

Et c'est là que j'entends un grognement.

J'ouvre brusquement les paupières et manque de me pisser dessus. Trois loups gigantesques forment un demi-cercle devant moi, leurs crocs sortis, leur fourrure ébouriffée. Un grognement menaçant m'envoie un frisson de terreur dans l'échine.

Je tente de crier, mais aucun son ne sort. J'ai l'impression que mon diaphragme est coincé dans ma gorge.

Je m'agrippe aux chaînes en métal et agite les jambes avec plus de force, comme si cela pouvait me permettre de m'échapper. Comme si en poussant assez fort, le siège pouvait se détacher et me propulser chez moi.

Merde, merde, merde. J'ignorais qu'il y avait des loups dans le coin. Enfin, avec un nom comme Wolf Ridge, je m'en doutais, mais je ne savais pas qu'ils représentaient un véritable risque. Le loup gris mexicain ne se trouve-t-il pas sur la liste des espèces en voie de disparition ?

Les loups ne semblent pas vouloir partir de sitôt. Ils ont

décidé que je leur servirai de dîner, et ils attendront que je descende de cette fichue balançoire. Je me mets à trembler comme une feuille. Des larmes silencieuses coulent sur mes joues.

Que faire ? Mon téléphone se trouve dans mon sac à main, au pied de la balançoire. Je ne peux quand même pas me balancer tout la nuit !

Si, si, je peux. Et c'est ce que je vais devoir faire.

Vingt minutes plus tard, j'ai les cuisses en feu et pleines de crampes, et mes mains sont tellement humides de sueur que j'arrive à peine à me tenir aux chaînes. Mon plan ne fonctionne pas. Au sol, les loups s'agitent. Au début, ils se sont assis, mais à présent, ils décrivent des cercles autour de moi, de plus en plus près. L'un d'entre eux bondit pour me mordre la jambe quand je me trouve au plus près du sol. Je hurle et tente de lever les jambes le plus haut possible.

Alors que je reprends de l'élan, la bête referme ses mâchoires puissantes sur mon pied. Mon cri résonne dans le canyon. La douleur me transperce alors que ses crocs me rentrent dans le dessus du pied, et je suis traînée de la balançoire. J'atterris sur le dos, mettant brutalement fin à mon hurlement suraigu.

Je suis envahie par la panique. Il faut que je coure, que je m'enfuie, mais j'arrive à peine à me relever, et je suis encerclée par trois loups agressifs.

Puis, comme sorti de nulle part, un quatrième loup apparaît et rompt le cercle de ses congénères pour se battre avec eux.

Je pousse un nouveau cri et tente de reculer, mais je n'y arrive pas. Les bêtes me retiennent prisonnière. Le nouveau venu, un énorme loup marron et blanc, interrompt sa bagarre et se place juste devant moi, comme pour déclarer que je suis son quatre heures. Comme s'il voulait se battre avec les autres pour avoir le droit de me manger.

Bon sang. Je n'ai jamais été en si mauvaise posture.

Et je n'ai jamais eu autant envie de vivre.

Après l'accident et le chagrin causé par la mort de Catrina, je me suis souvent demandé quel était l'intérêt de vivre. Mais à présent, je suis persuadée que la vie me réserve plein de belles choses. À commencer par mon histoire avec Cole.

Et maintenant, je n'aurai peut-être pas l'occasion de l'approfondir. Non, il faut que j'arrête. Je vais m'en sortir.

Les loups continuent de grogner et de claquer des mâchoires vers moi et vers le nouveau venu. Quatre de leurs congénères arrivent dans mon champ de vision. Nom de Dieu, combien d'individus cette meute compte-t-elle ?

Je regarde autour de moi, à la recherche d'une arme. Il n'y a pas grand-chose, mais j'aperçois une grosse pierre. Je m'accroupis lentement pour la ramasser d'une main tremblante, mais l'un des loups bondit et me fait tomber sur le dos. Je hurle à nouveau.

Les nouveaux venus approchent, et ils se battent. Il s'agit peut-être de deux meutes qui se disputent le même repas ? Des touffes de fourrure volent, des grognements résonnent.

Le loup marron et blanc se place au-dessus de moi dans une posture dominante, marquant son territoire. Finalement, les trois premiers loups renoncent à se battre et s'éloignent en trottinant, avant de se tourner une dernière fois pour grogner sur la meute victorieuse.

J'ai toujours peur de bouger. Le loup qui se tient au-dessus de moi ne me regarde pas, mais il lui suffirait d'un mouvement de tête pour enfoncer ses crocs terrifiants dans ma gorge.

Les grognements cessent. Apparemment, les loups victorieux n'ont pas besoin de me montrer leur supériorité. Leur repas est déjà assuré. Je cligne des yeux dans le clair de lune. L'un des loups porte-t-il vraiment une plaque militaire autour du cou ?

Soudain, un craquement d'os retentit, et Cole se retrouve accroupi au-dessus de moi, nu comme un ver. Il me soulève dans ses bras sans la moindre difficulté. Il jette un regard à l'un des loups et déclare d'un ton sec :

— Je l'emmène dans ta cabane.

Comme si parler à un animal était la chose la plus naturelle du monde.

Oh la vache. Cole est un loup !

Suis-je défoncée ?

Ai-je des hallucinations ?

Il me faut une bonne minute pour croire à ce que j'ai vu. Mon cerveau tente de trouver des explications plus plausibles, mais il n'y en a pas. Cole est un loup. *Ce sont tous des loups. Des loups-garous.* Et c'est la pleine lune.

Oh putain. Est-ce que cela veut dire que je risque toujours d'être dévorée ? D'une façon différente et plus surnaturelle, cette fois ?

Comme s'il percevait cette nouvelle vague de peur, Cole me regarde dans les yeux pour la première fois. Les siens ont une teinte ambrée, au lieu de leur marron habituel.

— Hé, hé, hé. Tu es en sécurité, maintenant. N'aie pas peur, ma belle. Je suis là.

Il part à grandes enjambées en direction de ma voiture, s'arrêtant au passage pour ramasser mon sac à main. Ses pieds sont nus, comme le reste de son corps, mais les cailloux et la terre inégale ne semblent pas le déranger. Il me porte jusqu'au côté passager, me pose et m'enlève mon sweat-shirt pour le nouer à sa taille et couvrir son membre. Oh bon sang, il a une énorme érection. Je me hâte de le regarder dans les yeux.

— Tu saignes, dit-il en m'examinant. D'où ça vient ?

— Je ne sais pas. De mon pied, sans doute. J'ai été mordue.

Je crois qu'un état de choc est en train de s'abattre sur moi, si ce n'est pas déjà le cas. Rien de tout ça n'a de sens.

Cole sort mes clés de mon sac et déverrouille la voiture. Il ouvre ma portière et m'assoit sur le siège.

Une fois Cole derrière le volant, je lui demande d'une voix chevrotante :

— Est-ce que ça veut dire que je vais me transformer en loup-garou, maintenant ?

Il lâche un petit rire surpris, mais reprend immédiatement son sérieux.

— Non, ma belle. On appartient à une espèce différente. Ce n'est pas une maladie. Ce n'est pas contagieux.

Il quitte le parking, faisant crisser les pneus sur la route de terre.

— Dis-moi que vous ne vous nourissez pas d'humains.

À présent, il rit franchement.

— Seulement au lit, Pink.

Je plie les genoux contre ma poitrine, mes baskets percées posées sur le siège.

— Hé, dit-il en me posant la main sur le genou. Ça va ? Tu veux aller à l'hôpital pour faire examiner tes blessures, ou tu préfères qu'on s'en occupe une fois chez Austin ?

Austin.

L'autre loup. Oh la vache ! Les autres créatures présentes étaient des élèves du lycée !

Mon sang se glace dans mes veines. Mon cerveau rame pour assimiler tout ça, puis se met à l'arrêt.

— Bailey ?

— Hein ? Ah, euh, non. Je n'ai pas besoin d'aller à l'hôpital. Sauf si j'ai besoin d'un vaccin contre la rage ou... Désolée.

Je réalise que ce que je viens de dire est sans doute super insultant.

— A... alors tu es un loup-garou, hein ?

— Un loup-métamorphe, oui.

— Un loup-métamorphe. C'est la même chose qu'un loup-garou ?

— Loup-garou, c'est le nom que nous donnent les humains. Ce n'est pas le terme que nous privilégions.

— D'accord. Bien sûr.

Je serre davantage mes jambes contre mon torse.

— Bailey ? Tu tiens le coup ? Tu n'as pas peur de moi, si ?

Ai-je peur de lui ? Non. Pas du tout. Je me sens trahie que toute la ville soit apparemment composée de loups, mais Cole Muchmore vient de me sauver d'une meute, alors je n'ai pas peur de lui spécifiquement.

Tout de même, je réponds :

— Est-ce que je devrais avoir peur, Cole ?

Il jette un regard à la pleine lune à travers le pare-brise et pousse un juron à voix basse.

— Cole ?

— Ça ira, ma belle. Ces connards pensent que tu n'as vu personne se transformer, pas vrai ?

Il quitte la route des yeux pour me jeter un regard d'avertissement. Je remarque que ses mains sont crispées sur le volant.

— Je n'ai vu personne se transformer, répété-je. Quels connards ?

Cole pousse un grognement très animal. Un grognement qui me hérisse la nuque.

— C'était le frère de Bo et ses potes. C'est des cons. Ils n'avaient aucun droit de te terroriser comme ça.

Ses jointures blanchissent sur le volant, et ses mâchoires se contractent.

— J'aurais pu tuer cet enfoiré de Ben pour le punir de t'avoir mordu, mais ils étaient plus nombreux que moi.

Cela fait un moment qu'il prend des petites rues sinueuses, mais il finit par prendre un long chemin de terre qui se termine devant une petite cabane.

— Et ensuite, tes amis sont venus t'aider ?

J'essaye toujours de comprendre ce que j'ai vu. Mon cerveau est toujours en partie hébété après la peur que j'ai eue.

— Il y avait Austin, et qui d'autre ?

— Tu sais, les autres alpha-brutis, répond-il. Bo, Wilde, Slade. C'est la pleine lune, alors toute la meute va courir. Écoute, tu n'es pas censée savoir tout ça, Pink. Si notre alpha le découvre, je serai dans la merde jusqu'au cou, et toi aussi.

Il se gare et descend de la voiture pendant qu'un frisson me parcourt l'échine.

Je ne veux même pas savoir ce qu'*être dans la merde jusqu'au cou* implique, dans ce contexte.

Et oui, mon mec est un loup-métamorphe. Cette soirée ne pourrait pas être plus bizarre.

Cole

Bailey descend du véhicule et grimace en posant son pied blessé par terre. Je la soulève dans mes bras et la porte jusqu'à l'entrée. La clé est cachée à sa place habituelle, sur l'un des chevrons du porche. Je déverrouille la porte et laisse Pink boitiller à l'intérieur pendant que je fouille dans l'un des paniers de l'entrée pour en sortir un jean et un tee-shirt.

Les métamorphes gardent toujours des vêtements un peu partout. Nous avons tous des tenues de rechange dans nos coffres. Les cabanes de ce genre nous servent d'abris quand nous nous changeons en loups, et nous pouvons nous y fournir en vêtements, nourriture et autres fournitures.

Par chance, le père d'Austin est le médecin de la ville, alors je sais que je pourrai trouver une trousse de secours complète. Pink est assise sur le canapé et a enlevé sa chaussette et sa chaussure. Son pied est déjà gonflé et plein d'ecchymoses, avec une plaie profonde.

En voyant ça, je manque de me retransformer, tant je suis en colère.

J'aime plutôt bien Winslow. J'ai une dette envers lui, car il m'a aidé avec Le Capitaine et m'a donné du travail, mais lui et ses potes peuvent se comporter comme des gros cons quand ils sont ensemble. Quand ils étaient au lycée et que mes amis et moi étions encore enfants, ils nous tabassaient pour s'amuser.

J'ignore si Winslow pensait me rendre service en s'attaquant à Bailey. Je sais que Bo ne lui aurait jamais révélé que notre relation était plus compliquée qu'un simple rapport bourreau/victime. Peut-être qu'il était simplement énervé de voir une humaine sur les terres de la meute. Je m'en veux d'y avoir emmené Bailey, même si je suis incapable de le regretter, après les moments que nous avons partagés là-bas.

Je lui donne de l'ibuprofène et un verre d'eau, puis je désinfecte sa plaie, ce qui la fait crier encore plus fort que quand Ben l'a mordue.

— Désolé ! Désolé, ma belle.

Bon sang. Je ne m'attendais pas à ce qu'elle ait aussi mal. Mais je ne peux pas lui laisser risquer l'infection. Les blessures humaines peuvent très mal tourner, quand elles ne sont pas soignées. Nous avons appris ça en cours de sciences.

Après l'avoir nettoyée, je lèche sa plaie. La salive de métamorphe a des propriétés cicatrisantes, surtout contre les morsures de loup ; c'est lié à notre rituel d'accouplement. J'espère qu'elle guérira vite.

— Qu'est-ce que tu foutais là-bas après le coucher du soleil ? Tu es dingue ?

Je lui grogne dessus, mais c'est à moi que j'en veux, pas à elle. Je vais dans la cuisine pour chercher une poche de glace dans le congélateur.

— Comment j'étais censée savoir qu'une meute de loups cinglés allait débarquer ? répliqua-t-elle du tac au tac.

J'installe sa cheville sur un tabouret bas et je pose la glace sur son pied.

C'est peut-être la pleine lune, mais je la trouve plus belle que jamais. Ses cheveux sont ébouriffés, son visage marbré par les larmes, mais ses yeux brillants et sa moue boudeuse me donnent envie de l'embrasser passionnément. Je plonge les doigts dans ses cheveux et la tire vers moi.

— Qu'est-ce qui s'est passé la dernière fois que tu t'es retrouvée seule dans le noir ?

Elle prend une inspiration, et ses yeux se posent sur mon érection avant de revenir à mon visage.

— Le grand méchant loup m'a attrapée, dit-elle d'une voix basse et rauque, ses pupilles dilatées.

— Effectivement, dis-je d'une voix sensuelle.

La colère que j'ai ressentie en la voyant être attaquée, en entendant ses cris, en courant à travers la forêt pour la trouver, terrifié à l'idée qu'elle meure, se transforme en énergie sexuelle.

J'ai envie de lui faire tout un tas de choses cochonnes.

Toutes, jusqu'à la dernière.

— Et que va faire le grand méchant loup cette fois-ci, à ton avis ?

Je la soulève et la pose à genoux sur le canapé, son buste collé au dossier, son pied toujours en contact avec la poche de glace sur le tabouret bas. Elle porte un minishort en jean que ses fesses emplissent à la perfection, et je passe la main au-devant d'elle pour le déboutonner.

Je donne une tape sur l'une de ses fesses, puis je fais descendre son short et sa culotte. L'empreinte de ma main s'épanouit déjà sur sa peau, et je me penche pour l'embrasser. L'odeur de son désir me frappe de plein fouet et m'enivre immédiatement. Mon loup remonte à la surface et grogne comme s'il voulait la marquer.

Je secoue la tête et recule.

— Non, mais sérieusement, insisté-je. Qu'est-ce qui t'a fait croire que c'était une bonne idée ? Même s'il n'y avait pas de loups, se rendre dans un endroit abandonné en pleine nuit n'est pas une bonne idée, Pink. Tu es maligne, un vrai génie, même. Qu'est-ce qui t'a pris ?

— C'est l'anniversaire de Catrina, chuchote-t-elle.

Je me fige. Je remballe mon loup.

— Merde.

— N'arrête pas, Cole.

Sa voix est implorante. Elle me supplie de l'aider à gérer sa culpabilité. Dans un geste lent, j'enfonce de nouveau les doigts dans ses cheveux et lui tire la tête en arrière.

— Cambre-toi pour recevoir ta fessée, Pink.

Ma voix est dure. Sévère. Comme celle que j'employais pour lui parler, avant ; je lui donne une tape, puis change de position pour mieux lui tenir la tête en arrière tout en la frappant. La vraie fessée peut commencer. J'alterne les coups à gauche et à droite. Au bout du dixième, elle se met à se tortiller et à gémir. Si elle me le demande, j'arrêterai immédiatement, mais elle ne dit rien, alors je continue et la frappe jusqu'à ce que ses fesses soient bien roses. Puis je la récompense passionnément. Je la soulève pour enlever son short et sa culotte complètement, et je lui écarte les jambes. À l'aide de mes pouces, je l'ouvre pour lécher son délicieux nectar.

Elle crie et tremble, mais je colle son pelvis au canapé pour la lécher plus facilement. Je passe la langue de son clitoris à son anus, puis je recommence. Je durcis la langue et la pénètre avec. Je suce et mordille ses petites lèvres.

Mais c'est trop fort pour moi. Mes crocs sortent. Je me jette en arrière pour m'éloigner d'elle avant de faire quelque chose d'irréversible. Je trébuche sur le tabouret. Je tombe sur les fesses, et le fracas pousse Bailey à tourner la tête.

— Cole.

Vu la façon dont elle écarquille les yeux, je ne dois pas avoir ma tête habituelle. J'ai sans doute les yeux jaunes. Les canines allongées.

Je regarde la lune par la fenêtre. Bailey est beaucoup trop maligne.

— Qu'est-ce qui se passe à la pleine lune ? demande-t-elle d'une voix enrouée, sans doute à cause de tous les cris qu'elle a poussés.

De peur comme de plaisir.

Je secoue la tête et me relève. Je dois garder mes distances.

— Tu perds le contrôle ? Est-ce que tu es dangereux ?

Je lâche un petit rire triste.

— On pourrait dire ça, j'imagine.

— Qu'est-ce qui se passe dans ces moments-là ?

Elle est toujours en position, comme si elle voulait que je

revienne la lécher. La faire jouir. Évidemment. Son désir doit être presque aussi fort que le mien.

Je me passe la main dans les cheveux et réponds :

— Il y a beaucoup de... tension sexuelle.

Ses yeux s'écarquillent, mais pas de peur. De curiosité. Elle descend du canapé et vient me rejoindre près de la fenêtre.

— Je pourrais peut-être t'aider avec ça, dit-elle en se laissant tomber à genoux devant moi.

Je pousse un grognement.

— Bailey.

Je sais que je ne devrais pas la laisser faire ça. Je devrais l'enfermer à clé toute seule dans l'une des chambres jusqu'à demain matin, mais il est trop tard. Je suis déjà en train de déboutonner mon jean pour libérer mon érection impressionnante.

J'ai envie d'être doux. Vraiment, mais le message n'arrive pas jusqu'à mon corps. J'attrape Bailey par les cheveux et lui maintiens la tête en place tout en glissant mon membre dans sa bouche accueillante. Elle pousse une petite exclamation surprise, puis passe la langue autour de mon gland et me prend profondément.

— Oh putain, Pink. Par le Destin. C'est incroyable.

J'essaye de me forcer à lui lâcher les cheveux. À la laisser faire, mais je n'y arrive pas. En fait, plus je suis excité et plus je la tiens fort, plus vite je vais et viens dans sa bouche, me contrôlant tout juste assez pour ne pas m'enfoncer dans sa gorge.

— Tu suces super bien, la félicité-je.

Je suis en proie à une extase douloureuse. Je meurs d'envie de jouir, mais je ne veux pas que ça se termine. J'ignore si sa bouche a quelque chose de magique ou si c'est le fait qu'elle m'accorde ce plaisir, mais je n'ai jamais connu quelque chose d'aussi bon.

— Oh, par le Destin. Par le Destin. Par le Destin.

Je m'enfonce trop profondément. Elle a plusieurs hauts-le-cœur, et je m'oblige à me retirer.

— Ça va ? demandé-je en me caressant.

Je la dévisage pour voir si elle aime ce qu'on fait. Elle a les yeux humides, mais elle hoche la tête.

— Je peux continuer de baiser ta bouche, ma belle ? C'est tellement bon. Le meilleur truc de toute ma vie.

Elle saisit mon membre d'elle-même et le guide dans sa bouche. Je tente de la laisser diriger, mais je ne tiens qu'une seconde avant de prendre sa tête entre mes mains pour la pénétrer avec force. Je sais que ça ne doit pas être très agréable pour elle. Mon sexe est imposant, et je suis trop sauvage et autoritaire. Mais elle est géniale, car elle se met à caresser mes bourses. À la minute où elle commence à jouer avec, je perds les pédales.

— Putain, Bailey !

Par je ne sais quel miracle, je parviens à me retirer avant de jouir, et j'éjacule sur ma main et sur le sol. Je renverse la tête en arrière et ferme les yeux, le poing serré sur mon membre.

— Oh, par le Destin. C'était incroyable. C'était génial, Pink.

Après quelques halètements, j'ouvre les paupières.

— Tu n'as pas joui, hein, ma belle ?

À ma grande surprise, elle glisse les doigts entre ses jambes et se met à se caresser.

Je grogne. Je viens de jouir, mais mon érection revient aussitôt.

— Cole, tu veux bien...

Je patiente, mais elle ne termine pas sa phrase.

— Je veux bien quoi, Pink ? Te lécher ? Te donner une autre fessée ?

Je m'agenouille face à elle et pose mes doigts sur les siens, puis je repousse sa main pour la caresser moi-même.

— Tu veux que je te frappe là, cette fois ?

Je donne un petit coup entre ses jambes, et elle pousse un cri.

— Je veux aller jusqu'au bout, dit-elle d'une petite voix.

— Putain.

Je me remets debout, craignant de la toucher pendant que j'y réfléchis. Puis je lâche ce qui me passe par la tête :

— Il y a des préservatifs ici.

Elle rougit.

— Le père d'Austin est médecin. Il nous a donné un cours d'éducation sexuelle quand on avait douze ans, et il nous a dit qu'on pouvait se servir de sa cabane pour s'amuser un peu, qu'il y aurait toujours des préservatifs. Mais ce n'est pas pour ça que je t'ai emmenée là, juré.

Elle rit, puis son sourire s'efface.

— Tu as déjà emmené quelqu'un ici ?

— Jamais, réponds-je immédiatement.

Je lui adresse un sourire en coin et la plaque sur le dos. Je coince ses poignets de chaque côté de son joli visage.

— Mais j'aime bien quand tu es jalouse, Pink, murmuré-je juste avant de m'emparer de sa bouche.

Cinq minutes plus tard, nous nous frottons l'un à l'autre sur le sol, et elle me repousse pour me demander :

— On peut passer la nuit ici ?

L'excitation monte en moi. C'est la première fois que j'ai envie de passer toute la nuit avec une fille. Les relations sexuelles que j'ai eues étaient sans lendemain. Pas du genre à se terminer par un câlin. Mais Pink est différente.

— Oui, je suis sûr qu'on peut.

— Il faut que j'envoie un message à ma mère pour lui dire que je dors chez Rayne.

Elle se tourne vers moi, et l'air estomaqué, elle ajoute :

— *Rayne est une louve* ?

— Argh, dis-je en grimaçant à l'idée de lui parler de cet aspect peu glorieux de notre culture. Elle est défectueuse. Mauvais gènes. Ça se voit à sa petite taille. Elle ne s'est jamais transformée.

Pink fait la moue.

— C'est pour ça que les autres la rejettent ? C'est horrible !

— Je sais. Ça craint. Mais elle se transformera peut-être un jour. Elle est encore jeune.

Bailey sort son téléphone et envoie un message à sa mère. J'emprunte son portable pour prévenir Casey que je ne rentrerai pas et qu'elle ferait mieux d'aller dormir chez une copine. Elle en a déjà sans doute l'intention, de toute façon. Elle essaye de passer le plus de temps possible loin de chez nous.

— Voilà, dis-je en rendant le téléphone à Bailey. Le premier qui trouve les capotes a gagné !

Je bondis sur mes pieds et fonce fouiller les chambres. J'entends le rire mélodieux de Bailey me suivre.

— Trouvé ! s'exclame-t-elle quelques minutes plus tard dans la salle de bains.

Je m'approche d'elle.

— Qu'est-ce que c'est ? demandé-je en prenant la bouteille de lubrifiant qu'elle a dans les mains pour en lire l'étiquette. Eh ben. M. Oakley nous a vraiment créé la garçonnière parfaite, hein ?

Bailey me donne une tape sur le bras et éclate de rire, les joues rouges. Je lui enlève son tee-shirt, puis me débarrasse du mien. J'allume la douche. Bailey me regarde enlever mon jean, puis elle dégrafe son soutien-gorge et le laisse tomber par terre.

— Ça va ? m'enquiers-je en la prenant par la taille. Tu as toujours mal ?

Elle secoue la tête.

— Je me sens bien, murmure-t-elle.

— Tant mieux.

Je la soulève pour qu'elle passe les jambes autour de mes hanches, et je la porte sous le jet d'eau chaude, mes lèvres collées aux siennes.

Heureusement que j'ai déjà joui, sinon je serais incapable de me maîtriser, avec sa peau mouillée qui glisse contre la mienne et ses seins nus qui rebondissent sous mes yeux.

Je la plaque à la paroi de la douche et savoure l'un de ses tétons, le léchant, le suçant et le mordillant jusqu'à ce qu'elle se tortille contre moi. Puis je passe à l'autre téton. Ce faisant, mes mains deviennent baladeuses, et je glisse les doigts entre ses fesses, la faisant crier quand je trouve son anus.

— Oh là là, dit-elle d'un ton essoufflé. C'est quoi, cette fascination pour mon derrière ?

— Tout me fascine, chez toi.

Je lui mordille le cou et pousse légèrement avec mon doigt pour l'entrouvrir.

Elle prend une inspiration et contracte les muscles.

— J'aime les fesses, et les tiennes sont parfaites, ajouté-je. Et puis, j'aime bien comment tu te tortilles dès que je m'en approche.

Je glisse ma bouche le long de son cou et suce l'un de ses lobes d'oreille.

— En plus, j'aime te punir. Et quand on n'est pas sage, on se fait prendre par-derrière.

Elle pousse un long gémissement. Façon actrice porno. Du genre à me faire bander à mort.

— Je *vais* te sodomiser, Bailey, l'avertis-je, comme les menaces l'excitent visiblement. Peut-être ce soir, peut-être une autre fois. Mais je te prendrai par-derrière.

Elle ondule et frotte son clitoris à la base de mon membre.

Bon sang, je ne peux plus attendre.

Je coupe l'eau et sors de la douche, sans la lâcher. Je n'ai plus jamais envie de la reposer. Elle devrait toujours avoir les jambes autour de ma taille quand nous sommes debout. Mais là, nous allons devoir nous allonger.

J'attrape une serviette et je l'enveloppe avec.

— Attrape les préservatifs et le lubrifiant, lui dis-je.

Elle glousse et se penche pour les ramasser, ses seins mouillés passant de nouveau devant mon visage.

Je la porte jusqu'à la chambre et la laisse tomber sur le dos. L'espace d'un instant, je reste agenouillé à la regarder. Elle ressemble à une offrande divine de la déesse lunaire, une humaine vierge, saine et langoureuse qui s'offre à moi.

— Tu es toujours mouillée ? lui demandé-je en passant le pouce sur sa fente.

Je sais déjà que c'est le cas ; son odeur m'envahit, m'enivre.

— Très mouillée, réponds-je à sa place. Mais je ne veux pas que tu aies mal.

J'ouvre la bouteille de lubrifiant et en enduis généreusement son entrée et son anus. Je mets un préservatif, que je lubrifie à son tour.

Puis je secoue la tête et la regarde d'un air faussement autoritaire.

— Bon, je me disais... que les filles sages perdent leur virginité en missionnaire.

Je la retourne sur le ventre et lui donne une tape sur les fesses.

— Les vilaines filles se font prendre par-derrière.

Je passe le pouce entre ses fesses et joue avec son entrée de derrière jusqu'à ce qu'elle se mette à onduler des hanches contre le lit.

— Écarte les jambes, Bailey, ordonné-je d'une voix rauque.

Mes mots sont brûlants de désir. Je m'agenouille derrière elle et frotte mon gland contre son entrée. Elle est serrée.

Super serrée.

Je marque une pause et insère d'abord un doigt dans son vagin, puis un deuxième et un troisième, pour l'étirer.

— Tu vas être bien sage et prendre ma grosse queue, Pink ?

— Réessaye, m'encourage-t-elle.

Je me colle de nouveau à son entrée, et cette fois, mon gland se glisse à l'intérieur. Elle halète et se contracte. J'arrête de bouger pour lui laisser le temps de s'habituer à la sensation.

— Ça va ?

Elle hoche la tête.

— Oui.

Je chasse les cheveux qui tombent sur la partie visible de son visage pour la regarder. Elle a les yeux fermés, la bouche ouverte. Je reste en position jusqu'à ce qu'elle se détende et commence à reculer les hanches pour me prendre plus profondément ;

— C'est bien, ma belle.

Je n'ose pas me laisser aller à savourer la sensation de son sexe qui enserre le mien. À présent, je regrette de l'avoir retournée sur le ventre, car je ne peux pas admirer son expression. Je reste concentré sur elle, à l'affût de la moindre douleur.

— Cole.

— Oui, Pink ?

— On peut commencer.

Je ris et m'enfonce en entier. Elle pousse une exclamation, qui se termine par un gémissement. J'emmêle mes doigts dans ses cheveux et serre le poing.

— Comme ça, ma belle ?

— Plus fort.

Oh putain, oui.

Je me retire et la pénètre à nouveau, en contrôlant ma force à la dernière seconde pour ne pas y aller trop fort. À présent, je ne peux pas résister aux vagues de plaisir qui me submergent.

Je suis assailli par des sensations : son odeur, son visage sur le lit, sa chatte serrée autour de mon membre. Et tout ça pendant la pleine lune. C'est comme être sous ecstasy. Je ne me suis jamais senti aussi bien. Aussi puissant. Aussi... heureux.

Par le Destin. Je suis heureux.

Je risque de gros ennuis avec la meute et mon père pour ce que je suis en train de faire, mais je m'en fous complètement. Rien ne m'a jamais paru aussi naturel.

Je commence à avoir du mal à me contrôler. Je pousse un juron et lui lâche les cheveux, avant de poser les mains de chaque côté de sa tête pour avoir un meilleur angle. Je me mets à aller et venir avec force, et mes hanches claquent contre ses fesses alors que je m'enfonce jusqu'à la garde à chaque coup de reins.

Elle gémit, et son corps glisse vers l'avant jusqu'à ce que ses épaules coincent contre mes poignets. À présent, elle est clouée sur place. Chaque va-et-vient est plus profond que le précédent, et ses cris deviennent plus sonores. Je commence à voir flou.

Je la baise vite et fort alors que le lit cogne contre le mur, que le matelas nous fait rebondir.

Bailey pousse des cris d'actrice porno, et mes bourses se contractent tellement que j'ai l'impression qu'elles me remontent dans mon bas ventre. J'ai les cuisses qui tremblent. Mes crocs sortent, mais je me promets de ne pas la mordre.

Même si ses épaules nues sont très tentantes.

— Bailey, dis-je d'une voix rauque.

— Oh, mon Dieu, Cole.

— Tu as intérêt à jouir en même temps que moi. Tu es prête ?

— Je ne sais pas, gémit-elle.

Je me rappelle qu'elle est vierge. Elle n'a encore jamais atteint l'orgasme en étant pénétrée comme ça.

Alors je reprends mes esprits, je ferme la bouche pour cacher mes crocs, et je me concentre sur son plaisir. Je me retire, et elle pousse une plainte.

Je l'attrape par les hanches et la soulève jusqu'à ce que ses genoux la soutiennent. Quand elle essaye de se hisser sur ses mains, je colle son buste au matelas.

— Le cul en l'air, Pink.

Je lui donne une tape sur les fesses et me place derrière elle. Je m'enfonce à nouveau dans son entrée mouillée et la saisis par les hanches pour la baiser avec force.

Je parviens à m'enfoncer encore plus profondément, et c'est merveilleux. Je n'ai pas le temps d'en profiter long-temps, cependant. À l'instant où je la pénètre, je perds la tête. Mes doigts s'enfoncent dans sa chair et je lui donne de grands coups de reins, oubliant d'être doux. Oubliant qu'elle est vierge.

Pire encore, j'oublie qu'elle est humaine. Si je la blesse, elle ne guérira pas aussitôt.

Mais elle est trempée. Et quand je lui crie de jouir, elle obéit, et ses muscles se contractent sur mon membre alors que j'éjacule dans le préservatif.

Mes dents émettent le sérum dont les loups se servent pour marquer leur compagne de manière permanente, mais je garde les lèvres serrées, ma bouche loin de sa chair.

Nous sommes tous les deux à bout de souffle, nos corps toujours imbriqués l'un dans l'autre, nos peaux moites de sueur. Bon sang, je crois que j'y suis allé trop fort. Je me retire et jette le préservatif, puis je trouve un gant, que je mouille et que je lui rapporte.

Bailey s'est écroulée sur le ventre sur la serviette étalée sur le lit, et son corps nu est sublime. Je lui essuie l'entre-jambe pour ôter le lubrifiant et ses propres fluides.

— Parle-moi, Pink, dis-je en la faisant rouler sur le dos.

Elle me regarde en clignant des paupières, radieuse de satisfaction.

— Je me sens bien. Super bien. Et toi ?

Une vague de soulagement me submerge.

— Super bien, confirmé-je en me laissant tomber à côté d'elle.

Et c'est la vérité. Pour la première fois depuis le départ de ma mère, ou sans doute depuis bien avant ça, je suis sur un petit nuage. Heureux. Comblé.

Comme si je venais de trouver ma vocation, et que celle-ci consistait à faire crier Bailey Sanchez.

CHAPITRE TREIZE

Bailey

Je me réveille chaque fois que je remue pendant la nuit, car je prends immédiatement conscience qu'un grand jeune homme musclé est allongé à mes côtés. Un jeune loup.

C'est agréable. Dès que je change de position, il m'imite. Me suit. Il passe un grand bras autour de ma taille et me serre contre lui.

Je suis en train de câliner Cole Muchmore.

S'il y a un mois, quelqu'un m'avait dit ça, je lui aurais ri au nez.

Au petit matin, je me réveille face à Cole, hissé sur un coude pour m'observer.

— Oh ! Euh, salut.

Je me couvre la bouche avec ma main pour cacher mon haleine matinale.

— Salut.

— Depuis quand tu, euh, me regardes ?

— Je ne sais pas, répond-il les sourcils froncés. Un moment.

— Ça t'inquiète, que je sois au courant ? Pour les loups, je veux dire.

Il inspire lentement.

— Ce n'est pas *toi* qui m'inquiètes. Mais oui, si on veut. J'essaye de trouver quoi dire si Winslow et ses potes racontent ce qui s'est passé hier à l'alpha.

Il se frotte les mâchoires et ajoute :

— Je pense qu'ils se tairont. Ils n'avaient pas le droit de te terroriser comme ils l'ont fait hier. Ils seraient punis. C'est interdit, de révéler notre existence aux humains, et attaquer une fille sur l'aire de jeu viole le règlement.

Il passe le pouce sur l'un de mes sourcils, et je fonds.

— Qui est l'alpha ? m'enquiers-je.

Cole pince les lèvres et garde le silence un moment.

— Je te fais confiance, Bailey, mais je pense que je ferais mieux de garder la hiérarchie de la meute pour moi.

Je tente de ne pas lui montrer que ses mots me blessent. Je préférerais encore que Cole l'alpha-bruti me dise *ferme-la, Pink*. Le Cole sincère me cause plus de peine. Car même après notre rapprochement émotionnel, il continue de mettre une distance entre nous. Il pense y être obligé.

Et c'est peut-être le cas.

— Comment va ton pied aujourd'hui ?

Il tire sur les draps, puis pousse un grognement alors que ses yeux prennent une teinte jaune et parcourent mon corps.

— Tu es toute nue.

— Toi aussi.

Je suis toute rouge, mais je le reluque à mon tour. Il ressemble à une statue grecque. Musclé. Solide. Superbe.

Puis il voit mon pied, et le charme se rompt, car ma chair est gonflée et violacée.

— Merde, Bailey ! C'est comme ça que ça marche chez les humains ? Ça empire avant d'aller mieux ?

— Pourquoi, c'est comment pour les métamorphes ? demandé-je.

Mais je me souviens déjà de sa guérison expresse après la raclée que lui avait mise son père. Je comprends mieux, maintenant.

— Tout ou presque guérit pendant la nuit, répond-il.

Il soulève mon pied et lèche la plaie. Je suis bien contente d'avoir pris une douche hier soir.

— Ça va m'aider ?

Il hausse les épaules.

— J'espère. Comme je te l'ai dit, notre salive a des propriétés médicinales.

Il sort du lit et va dans la salle de bains. Il revient avec un verre d'eau et un nouveau comprimé d'ibuprofène. J'avale le cachet.

Cole rampe sur moi.

— Et le reste de ton corps, Pink ? Tu as mal ?

Il passe le pouce entre mes jambes, et un frisson me parcourt.

— C'est un peu sensible, réponds-je.

— Voyons si tes fesses ont tenu le choc.

Il me fait rouler sur le ventre.

— Rien du tout ! s'exclame-t-il d'un air ravi. Ton cul a des capacités de guérison dignes d'une métamorphe.

J'éclate de rire, jusqu'à ce qu'il me donne une claque sur les fesses, me poussant à ravaler mon amusement.

— Je te dois toujours une punition, Pink, pour avoir porté ton short au lycée.

Il me donne une nouvelle tape, en partie sur le haut de la cuisse, cette fois, et je pousse un cri aigu.

— Aïe ! Bon sang, ça fait mal.

Il me donne un coup sur la fesse.

— C'est étonnant, hein ? dit-il en s'assoyant sur le matelas, adossé à la tête de lit. Allonge-toi sur mes genoux, et je te montrerai ce qui arrive quand on attise la jalousie d'un loup.

— Pourquoi est-ce que tu serais jaloux ? protesté-je.

Mais son côté dominateur m'excite, et je me mets en position malgré tout. Son sexe est dressé entre ses cuisses, dur et tendu.

Après la nuit dernière, je suis rassurée sur ma capacité à le sucer. Enfin, en gros, je sers de réceptacle à son membre, non ? Pas très compliqué. Je m'agenouille à côté de lui et le saisis par la base, avant de lécher son gland.

— Oh, par le destin, dit-il d'une voix étranglée. Qu'est-ce que tu fais ?

— Ça me paraît évident.

Je prends son sexe en bouche, contre l'intérieur de ma joue, et je le caresse avec ma langue.

Il pince l'un de mes tétons et tire dessus.

— Tu essayes de te rattraper ?

Il halète, à présent, et son membre est dur comme du bois dans ma main. Il me donne une grande tape sur les fesses, puis referme la main sur ma chair.

— Tu essayes d'échapper à ta punition ?

— Jamais de la vie, réponds-je d'une voix sensuelle en le prenant de nouveau en bouche, plus profondément, cette fois.

— C'est bien, grogne-t-il en appuyant sur ma tête un peu trop vite.

Je m'étouffe et remonte aussitôt.

— Pardon, marmonne-t-il.

Mais il appuie de nouveau sur ma tête, en me prenant par les cheveux cette fois, pour me faire remonter à la dernière seconde, juste avant que j'aie un haut-le-cœur. Je trouve ça incroyablement excitant. Je gémis sur son sexe, et cela semble le rendre fou de désir. Il se met à me faire aller et venir de plus en plus vite.

— Prends-la, Pink. Prends ma grosse queue. Parce que je bande rien que pour toi, ma belle. Tu m'excites depuis le jour de ton emménagement. Tu portais le même short qu'hier soir. Et ça m'a vraiment énervé.

Il me saisit les cheveux avec encore plus de force et appuie brutalement sur ma tête. J'entends la frustration dans sa voix, la colère. Le désespoir.

— J'avais envie de te mettre à genoux et de te faire avaler ma queue. J'avais envie de t'enculer avec.

Ses mots me choquent tout autant qu'ils m'excitent. Si je ne connaissais pas encore le côté plus tendre de Cole, je serais sans doute effrayée, mais je lui fais confiance. Malgré ses paroles, je sais qu'il n'ira jamais trop loin.

— Je sens ton excitation, ma belle. Tu ne peux rien cacher à un loup. Chaque fois que tu es excitée, je le sais. Et là, tu es trempée pour moi.

Je gémis à nouveau sur son membre. Il pousse un grognement, et ses mouvements deviennent plus saccadés. Il me soulève la tête juste avant de jouir, et il se caresse avant d'éjaculer sur lui-même.

— Bon sang, Bailey. J'adore ta bouche, dit-il en s'essuyant rapidement avec le drap. Maintenant, ramène tes fesses.

Il me montre ses genoux avec un sourire arrogant. J'ai beau être plus excitée que jamais, je décide de faire ma tête de mule.

— Oblige-moi, le provoqué-je.

Il éclate de rire.

— Facile.

Et en effet, pour lui, c'est facile. D'un geste, il m'allonge sur ses genoux. Il me coince les poignets dans le dos et me donne dix tapes rapides sur les fesses.

Je pousse une plainte, car c'est un peu plus douloureux que ce que j'avais prévu.

Cole glisse un doigt entre mes jambes et caresse lentement mes replis mouillés.

— Tu aimes sentir ma force, Pink ? D'ailleurs, tu réalises à quel point les métamorphes sont plus forts que les humains ?

Je n'avais pas vraiment réfléchi à la question, jusqu'à présent, mais je réalise soudain qu'il n'a jamais semblé avoir le moindre mal à me soulever.

Et effectivement, ça m'excite.

— C'est pour ça que le sport a autant d'importance à Wolf Ridge ! m'exclamé-je.

Il rit.

— Oui, c'est pour ça, ma belle. On est obligés de se contenir et de perdre une bonne partie du temps.

J'ai envie d'y réfléchir plus longuement, mais Cole se remet à me donner la fessée, dix claques de plus qui me mettent les fesses en feu.

— Tu ne rigoles pas avec les fessées, dis-je quand il a terminé.

Il éclate de rire et masse ma chair endolorie.

— C'est clair. Ton cul est fait pour ça, Bails. Et moi, je suis fait pour le fesser.

Il glisse deux doigts en moi. J'ai toujours un peu mal, mais c'est aussi très agréable. Je me cambre pour le prendre plus en profondeur. Évidemment, il ne peut pas s'empêcher de s'intéresser à mon anus. Il appuie dessus, et je contracte les muscles. Il enlève ses doigts et se remet à me fesser. Ma peau me brûle, à présent. Elle fourmille. J'ai mal, mais la douleur amplifie mon désir. Cole continue son petit jeu, me doigte et me donne la fessée par deux fois, jusqu'à ce que je me tortille et gémisse sur ses genoux. J'ai envie qu'il aille plus loin. Qu'il me fasse jouir.

— Cole, l'imploré-je. Je te veux en moi.

Il me donne une tape particulièrement forte.

— Ah bon ?

Sa voix rauque et serrée me dit que lui aussi commence à avoir du mal à se maîtriser.

— Si tu me veux en toi, ça sera dans ton cul. Tu es prête pour ça, ma jolie ?

Euh…

Comment le saurais-je ? Hier, je ne savais même pas faire une fellation, et j'étais toujours vierge. Je devrais peut-être tout tester d'un coup. Donner toutes mes premières fois à Cole Muchmore. Ne m'a-t-il pas prouvé qu'il en était digne ?

— D'accord, réponds-je d'une voix tremblante.

— Vraiment ?

Cole a l'air surpris, mais il passe directement à l'action. Il me soulève et m'installe au centre du lit, avec deux coussins sous les hanches. Puis il se met à vraiment s'occuper de mes fesses. Il les pétrit, les masse, les écarte pour me lécher l'anus. Il me doigte tout en me léchant. Il me donne la fessée. Il frappe même mon sexe !

Je respire fort et fais onduler mes hanches pour me frotter aux oreillers. Cole verse du lubrifiant entre mes fesses et l'étale autour de mon entrée. Il pousse jusqu'à ce que l'un de ses doigts, peut-être son pouce, pénètre mon anneau serré. Je gémis. C'est intense.

Et embarrassant !

Je glisse la main entre mes jambes pour me caresser.

— C'est bien, Pink. Occupe-toi de l'avant pendant que je prends l'arrière.

J'acquiesce dans un gémissement. Je me fais peu à peu à

la sensation de son doigt qui me pénètre, m'emplit et m'étire. Mais pile quand je commence à y prendre plaisir, il se retire.

J'entends le bruit du lubrifiant que l'on étale sur de la peau, sans doute son membre, et il se colle à mon entrée.

Je gémis et serre les paupières.

— Bailey, ouvre-toi. Arrête de résister, ma belle.

Je ne sais pas ce qu'il entend par là, mais je prends une grande inspiration et m'efforce de me détendre en soufflant. Ça fonctionne, car son sexe commence à m'étirer.

— Aïe... protesté-je.

Ça brûle un peu.

Cole verse davantage de lubrifiant là où nos chairs se rencontrent et continue de s'enfoncer. Quand son gland est entré, je me sens soulagée. Le reste de son membre entre plus facilement, même si la sensation d'être remplie me submerge.

— Tu te sers de tes doigts, Bails ?

J'adore ce nouveau surnom qu'il me donne. Je recommence à me caresser. Mon sexe est gonflé et trempé. Sans même m'en rendre compte, je glisse un doigt en moi et commence à faire des va-et-vient. Je colle le plat de ma main à mon clitoris et continue mes mouvements.

Cole me prend par les hanches et commence à me donner des coups de reins. Il y a quelque chose d'extrêmement humiliant dans cet acte. Et le mélange de douleur et de plaisir va à merveille avec la fessée : une punition. Cole me possède à chaque va-et-vient. Il me montre qui est le chef. C'est lui qui tient les rênes, et je suis impuissante.

Enfin, pas réellement ; je sais sans l'ombre d'un doute qu'il arrêterait si je le lui demandais.

Mais c'est notre petit jeu.

Le jeu que nous adorons tous les deux.

Ses coups de reins deviennent un peu plus énergiques, et son bassin frappe mes fesses endolories. Il reste enfoncé en moi, puis va et vient dans de petits gestes rapides, faisant claquer nos chairs à chaque passage.

J'ai envie de jouir. Je suis plus que prête, mais c'est plus difficile, avec mes fesses étirées ainsi. D'habitude, je me contracte pendant l'orgasme, mais avec son membre enfoncé en moi, je n'ose pas.

Cole se met à haleter. Ses doigts s'enfoncent dans mes hanches.

— La vilaine petite humaine se fait enculer, hein ?

Sa voix rocailleuse semble retentir à un million de kilomètres de là. Je suis déjà presque en orbite.

— C'est la queue de qui, que tu prends bien sagement, Pink ? À qui appartient ton cul ?

— À Cole ! À toi.

Moi aussi, je commence à avoir la langue bien pendue. Nous nous noyons dans les phrases cochonnes et dans l'intensité incroyable de cet acte. Oui, mon cul lui appartient, et je me sens parfaitement punie. Vilaine, mais aussi pardonnée. Chérie et désirée.

Il se retire et éjacule sur mes fesses. J'enfonce les doigts dans mon sexe et jouis à mon tour.

Les lèvres de Cole se collent à mon dos, à mes épaules, à ma nuque. J'aime cette partie autant que l'acte en lui-même. Sans cela, je risquerais de me demander pourquoi je laisse un homme m'humilier ainsi. Mais pendant ce moment, il est reconnaissant et généreux. Il s'assure que j'aille bien. Il prend soin de moi.

Je le sais avant même qu'il me fasse rouler sur le dos pour me regarder dans les yeux avec intensité.

— Ça va ?

Je hoche joyeusement la tête.

— Très bien.

Un petit sourire s'étale sur son visage.

— Moi aussi.

～

Cole

J'ai l'impression d'avoir subi une greffe de personnalité. Je suis joyeux et enjoué. Optimiste quant à ce que l'avenir me réserve. Nous nous levons, et je m'emploie à effacer les traces de notre passage dans la cabane. Je change les draps et lance une machine. Je reviendrai plus tard pour les passer au sèche-linge. Ou alors, je pourrais rester. Bailey est parfaitement capable de conduire jusqu'à chez elle, et c'est sans doute même préférable. Seule.

Mais je n'ai pas envie d'être séparé d'elle.

Je la raccompagne à sa voiture, nos doigts entrelacés.

— Je n'ai pas envie de te laisser rentrer, dis-je. J'ai envie de t'attacher à ce lit et de t'y garder pour toujours.

Les yeux de Bailey brillent d'émerveillement. Je passe le dos de mes doigts sur sa joue.

J'ai envie de lui offrir quelque chose qui rivalise avec ce qu'elle vient de me donner, mais je n'ai rien, alors je me contente d'un baiser.

Il est agréable. Avec la langue, mais lent. Plein de promesses et de gratitude. Je n'ai pas envie d'interrompre notre baiser, mais je sais qu'elle a besoin de rentrer chez elle.

J'ouvre sa portière et la regarde se glisser derrière le volant.

— Cette nuit, je grimperai par ta fenêtre, lâché-je en refermant la portière.

Elle éclate de rire.

— Je suis sérieux. Tu as intérêt à la laisser ouverte. Je vais devoir te pénétrer de façon régulière. Genre, toutes les nuits. Compris ?

Face à son expression incertaine, je me penche par la fenêtre ouverte.

— Tout est déjà prévu. Je vais escalader ta façade et plaquer une main sur ta bouche pendant que je te baiserai par-derrière. Ta mère ne saura même pas que j'étais là.

Elle rougit.

— Bon sang, Cole !

J'adore quand je la choque.

— Laisse-la ouverte, lui rappelé-je avant de regagner la cabane.

Une fois arrivé devant la porte, je me retourne pour la regarder démarrer et s'éloigner. Ce n'est qu'une fois sa voiture sortie de mon champ de vision que j'entre dans la cabane pour finir de faire le ménage.

Puis j'enlève les vêtements d'Austin, les plis soigneusement et ferme la porte à clé. Mon pick-up se trouve toujours sur la mesa, et je vais être obligé de courir sous forme de loup en plein jour. Si quelqu'un me voit, je me ferai engueuler, mais ça aura valu le coup.

Mon addiction à Bailey vient de devenir cent fois pire.

CHAPITRE QUATORZE

Bailey

— Alors je suis la seule humaine à Wolf Ridge ? demandé-je à Rayne le jeudi soir, assise avec elle devant le marchand de glaces.

Je suis passée la chercher juste après ma visite au planning familial pour prendre la pilule.

— Chut.

Elle baisse la tête et parle tout bas, même s'il n'y a personne dans les parages.

— Les métamorphes ont l'ouïe fine. Pars toujours du principe que quelqu'un t'écoute.

Je penche la tête à mon tour.

J'ai essayé de cacher à Rayne que je suis au courant. Cole m'a conseillé de ne rien lui dire, car elle risquerait elle aussi d'avoir des problèmes avec leur alpha, alors qu'il estime que lui seul est responsable de la situation. Mais j'ai beaucoup trop de questions, et quand je suis seule avec Cole... eh bien, nous ne parlons pas beaucoup.

Il ne plaisantait pas, quand il a promis de se faufiler par ma fenêtre. Il est venu me rendre visite après minuit deux nuits sur quatre. Et comme promis, il trouve toujours un moyen pour que nous ne fassions pas de bruit.

Et oui, en général, cela implique une main plaquée sur ma bouche, ce qui m'excite beaucoup. J'aime bien quand il me maintient, quand il se sert de sa force. Surtout maintenant que je sais ce qu'il est. Qu'il est cinquante fois plus fort que moi et qu'il pourrait me faire tout ce qu'il veut. J'aime aussi le côté tabou de coucher avec lui dans ma chambre alors que ma mère est au bout du couloir. J'ai toujours été sage, alors briser les règles avec Cole est la chose la plus palpitante que j'aie jamais faite.

— Non. Il y a environ vingt pour cent d'humain, me répond mon amie.

— Et parmi eux, personne n'est au courant ?

Rayne secoue la tête.

— C'est interdit. Les lois ancestrales de la meute stipulent qu'un humain qui découvre notre secret doit être abattu. Bien sûr, ça n'a pas été mis en pratique depuis plus de cent ans. Enfin, pas à ma connaissance.

— D'accord, alors depuis quand cette meute se trouve-t-elle ici ?

— L'Arizona n'était même pas encore un État, mais c'était déjà un territoire. Au temps du Far West. Les premiers métamorphes étaient des cow-boys et des ranchers.

— Avec des pistolets et tout ça ?

— Nan. On n'a pas besoin de ça. En plus, on doit faire profil bas.

— Alors qu'arrive-t-il aux humains qui découvrent votre existence, maintenant ? Qu'est-ce que je risque ?

L'inquiétude assombrit le visage de Rayne.

— Je ne sais pas. Parfois, on fait venir une sangsue pour effacer la mémoire de l'humain en question.

Je penche la tête.

— Une sangsue ?

— Un vampire.

Je suis secouée par un violent frisson.

— Les vampires existent aussi ?

Elle hoche la tête.

— Quoi d'autre ?

Elle cligne des yeux, puis répond :

— D'autres métamorphes. D'autres espèces.

— Comme quoi ?

— Tout ce que tu veux. Renards, ours, pumas, panthères. Il y en a même des plus rares, comme les hiboux. Et il paraît que des dragons-métamorphes ont existé, mais j'imagine que pour y croire, il faut aussi croire aux dragons tout court.

— J'hallucine.

— Bon, tu m'as tiré les vers du nez. À mon tour. Est-ce que toi et Cole, vous avez...

Elle agite les sourcils pour conclure sa phrase.

Je hoche la tête en rougissant.

— Oui. Je commence à prendre la pilule aujourd'hui.

Je lui montre la plaquette que l'on m'a donnée.

— C'était bien ?

Je m'empourpre de plus belle.

— Super bien. Je ne savais pas que ça pouvait être aussi bon.

— Je suis jalouse. Enfin, pas par rapport à Cole. Par rapport au sexe, dit Rayne en rougissant à son tour. Ce qu'ils ne t'ont sans doute pas dit, au planning familial, c'est que les métamorphes n'ont pas de MST. Alors une fois sous pilule, tu ne seras pas obligée d'utiliser de préservatifs.

— Ah, c'est une bonne chose, j'imagine.

Même si l'idée que Cole ait déjà couché avec d'autres filles me rend verte de jalousie. J'ouvre la bouche pour interroger mon amie sur les ex de Cole, mais je me ravise.

Notre relation est déjà assez dure comme ça sans y ajouter ses relations précédentes.

CHAPITRE QUINZE

Cole

Les réunions de la meute ont lieu le dimanche qui précède la nouvelle lune.

Comme j'ai eu dix-huit ans en septembre, ma présence est obligatoire, et ça craint, car je préférerais largement être en train de chercher un moyen de revoir Bailey seul à seule.

La présence de mon père est également obligatoire, même si c'est une loque, en ce moment. Aujourd'hui, il réussit à rester à peu près sobre, et nous nous rendons à la réunion avec mon pick-up.

Mais dès que nous arrivons, tout part en couille.

L'Alpha Green et Sam Drake, le père d'Adriana, se trouvent devant la porte et nous regardent entrer.

— Les voilà, dit M. Drake, rouge de colère.

Il nous suit, et l'Alpha Green lui emboîte le pas. M. Drake me montre du doigt.

— Je vais t'arracher la bite, Cole.

Mon père grogne, et ses iris changent de couleur. Il saute sur Drake.

— Ça suffit !

L'Alpha Green a injecté tant d'autorité dans ses mots que toutes les personnes présentes se soumettent. Il baisse la voix et ajoute :

— Allons parler de ça en privé.

Quand M. Drake se met à protester, l'Alpha Green lui dit :

— Pour le bien de ta fille.

C'est quoi, ce bordel ?

J'ai le cerveau en ébullition. Je craignais de me faire remonter les bretelles à cause de ma relation avec Bailey. Que vient faire Adriana dans tout ça ?

À l'instant où nous nous retrouvons seuls dans l'une des salles de réunions, M. Drake me donne un coup de poing dans la mâchoire. Je tombe par terre, et des chandelles se mettent à danser devant mes yeux. J'entends deux grognements : l'un de mon père, l'autre de l'alpha.

Je bondis sur mes pieds, mais je garde les yeux et les poings baissés pour montrer que je me rends.

L'Alpha Green plaque M. Drake au mur en le maintenant par la gorge.

— Tu as intérêt à te maîtriser, grogne-t-il.

— Qu'est-ce qui se passe ? demandé-je.

— Ouais, qu'est-ce qui se passe ? répète mon père.

— Comme si tu ne le savais pas, me répond M. Drake d'un ton agressif.

— Je ne sais rien, insisté-je d'un ton neutre.

— Adriana est enceinte, gronde-t-il.

Je cligne des yeux, toujours aussi calme.

— Et ?

Je commence à paraître insolent, mais franchement, il croit vraiment que le bébé est de moi ?

— Elle dit que tu l'as mise en cloque.

— C'est vrai, fiston ? me demande mon père d'un air sévère.

Je perds mon sang froid.

— Elle a dit que je... Non. Pas du tout, putain. Carrément pas.

— Un peu de respect, gamin, me rabroue l'Alpha Green.

— Tu nies avoir couché avec ma fille ?

Je commence à rougir. Ce n'est pas le genre de conversation que j'ai envie d'avoir avec le père d'Adriana.

— Euh, non. Mais ce n'est arrivé qu'une fois ! L'année dernière !

Drake se rue à nouveau sur moi, mais notre alpha le projette contre le mur.

— C'est n'importe quoi, me hurle Drake. Elle est sortie avec toi une dizaine de fois ce mois-ci. Elle m'a dit que vous étiez ensemble.

Je reste interdit.

— Cole ? me demande mon père d'une voix dure. Tu es beaucoup sorti ce mois-ci. Si tu mens...

— Je ne mens pas, dis-je d'un ton exaspéré.

— Avec qui étais-tu ? me demande l'alpha.

— Donne-moi ton téléphone, insiste mon père, la main tendue.

Merde. Pourquoi n'ai-je pas effacé les messages de Bailey ?

Je l'ai enregistrée sous le nom de « Pink », mais mon père comprendra tout de suite de qui il s'agit. Non seulement je serai dans la merde avec l'alpha à cause de ma relation avec une humaine, mais mon père sera anéanti. Il pétera les plombs.

— *Avec qui étais-tu ?* répète Green avec son autorité d'alpha.

Toute ma résistance s'envole.

— Bailey Sanchez, bredouillé-je.

Merde !

— La fille de Denise Sanchez ? demande l'alpha avec surprise.

La honte d'avoir trahi mon père m'étouffe, surtout face au regard désapprobateur de l'alpha.

— *Quoi ?* grogne mon père, les yeux jaunes. Tu sors avec cette sale gamine pourrie gâtée ?

Merde.

Merde. Merde. Merde.

— Les relations avec les humains sont proscrites, déjà, me dit l'Alpha Green, bien que son propre fils ait récemment épousé une humaine.

Et en plus, je suis un fils indigne. Ça, il ne le dit pas, mais c'est sous-entendu.

— Tu sors avec une humaine et avec Adriana ? me demande M. Drake.

— Non ! Pas Adriana. Je vous l'ai dit. Pas depuis l'année dernière.

Ce type est un imbécile.

— Ma fille n'est pas une menteuse.

Si tu le dis.

— Je t'avais dit de ne pas t'approcher de cette fille, intervient mon père.

Je ne sais pas ce qui est pire : mon père bourré et furieux, ou à moitié sobre avec une étincelle malveillante dans les yeux. Comme s'il comptait faire quelque chose de grave, très grave, à Bailey et à sa mère. Ou à moi, mais ça, je m'en fous. Je ne veux pas que Bailey ait des ennuis, cependant. Je ne peux pas laisser l'alpha demander si elle est au courant de notre existence. Il repérerait le moindre mensonge, et les conséquences seraient désastreuses pour Bailey.

— Depuis quand sors-tu avec l'humaine ? me demande
l'Alpha Green.

Il faut que je leur fasse oublier Pink. Je tends la main vers
M. Drake.

— Sans vouloir vous manquer de respect, votre fille vous
a menti. Ce louveteau n'est pas de moi.

Je me tourne vers notre alpha et ajoute :

— Je ne *sors* pas avec Bailey.

Je regarde ensuite mon père et lui donne la seule explication susceptible de sauver la situation. Une explication qui
n'est plus vraie depuis la première fois que j'ai touché Bailey.

— On ne sort pas ensemble. Je me venge, dis-je avec un
haussement d'épaules impitoyable. J'ai pris sa virginité et je
me sers d'elle. Et elle a accepté, parce que je suis un alpha et
que c'est une humaine. Elle ne faisait pas le poids.

Je suis incapable d'affronter le regard désapprobateur de
l'Alpha Green et du père d'Adriana. Je dirige mes mensonges
vers mon père, dont le visage violacé commence à se
détendre. La teinte jaune quitte ses yeux.

— Quand j'aurai fini de jouer avec l'humaine, je la laisserai à genoux. Sa mère a foutu ta vie en l'air. Alors je fous
en l'air la sienne.

Un petit sourire apparaît sur les lèvres de mon père.

— Bravo, fiston, dit-il en me donnant une tape sur
l'épaule.

Je suis écœuré. J'ai envie de vomir. Mais c'était ma seule
façon de sauver Bailey.

— C'est comme ça que tu as traité Adriana ? me demande
M. Drake en tentant à nouveau de se jeter sur moi.

— Bordel, ça suffit ! m'exclamé-je en levant les mains
pour prendre notre alpha à témoin. On a fini, ici ? Ce n'est
pas mon louveteau. Je veux bien faire un test de paternité
pour le prouver.

L'Alpha Green semble dégoûté par notre comportement à tous.

— Oui, c'est fini. Rendez-vous dans la grande salle pour la réunion.

Il quitte la pièce, et je lui emboîte le pas. Je mets mes œillères en places, désireux d'éviter une autre confrontation avec mon père ou M. Drake, alors je ne remarque pas tout de suite la petite silhouette penchée sur la fontaine à eau.

L'une des gamines qui jouent dehors pendant que les adultes se réunissent est entrée boire de l'eau.

Non.

Elle lève la tête et me fusille du regard. Mon estomac se serre.

Rayne.

Cette satanée Rayne l'Avorton a entendu chaque mensonge que j'ai proféré à propos de Bailey.

~

Bailey

— Il me laissera à genoux, répété-je d'une voix monocorde en regardant l'écran de mon téléphone, sur lequel un nouveau message apparaît.

Bailey, n'écoute pas Rayne. Laisse-moi t'expliquer.

C'est le troisième texto que m'envoie Cole. Les deux premiers disaient juste qu'il voulait me parler. Maintenant, je comprends mieux.

Rayne est assise sur mon lit, à pleurer les larmes que je n'arrive pas à verser.

Je suis trop choquée. Trop vidée. Trop détruite.

Elle s'essuie les yeux.

— Je suis désolée. Je déteste jouer les messagers, mais il fallait que tu saches.

Je hoche la tête.

— Et cette histoire avec Adriana ?

Je ne sais même pas pourquoi je tiens à savoir s'il a couché avec elle ou non, mais j'en ai besoin.

Rayne hausse les épaules.

— Je ne sais pas. Après le premier match de l'année, elle se comportait comme s'ils étaient ensemble, mais je n'ai pas l'impression que c'était réciproque. Le mec qui l'a mise enceinte ne doit pas être aussi alpha que Cole, alors elle espère sans doute le forcer à s'accoupler avec elle à la place.

Je ne lui demande pas en quoi consiste le fait de s'accoupler. J'ai l'esprit tellement embrouillé que j'ai du mal à réfléchir. Cole a dit des horreurs sur moi. À des gens qui comptent dans sa vie : son alpha, son père.

Que ce soit vraiment ce qu'il pense ou non, c'est ainsi qu'il leur a présenté notre relation. C'est ainsi qu'il parle de moi devant sa meute, et sans doute aussi devant ses amis.

Je me laisse tomber tête la première sur mon lit, allongée en diagonale.

— Bon sang, qu'est-ce que je peux être bête.

Je n'arrive toujours pas à pleurer.

— Non, pas du tout.

— Mais si. Même après le début de notre relation, j'ai continué à le laisser faire semblant de me détester au lycée. M'ignorer. Me refuser sa protection. Alors que toute l'école me traite comme une pestiférée. Je ne me respecte pas.

Quelques larmes brûlantes m'échappent.

— Arrête, intervient Rayne. Moi aussi, j'aurais laissé Cole Muchmore me traiter comme il veut. C'est un dieu, dans notre lycée. Dans notre meute. C'est le roi des alpha-brutis.

Et son côté bad boy ténébreux donne l'impression qu'il peut changer.

— Mais il en est incapable.

L'amertume fait vibrer ces mots contre mes dents. C'est la pure vérité. Cole est incapable de changer. Je me suis complètement trompée sur son compte.

— Merci de me l'avoir dit, dis-je d'un ton pesant. J'ai besoin d'être seule, maintenant.

Rayne me pose une main sur le dos.

— Je comprends. Préviens-moi si tu as besoin de quoi que ce soit. De la glace. Une batte de base-ball. N'importe quoi.

Elle descend du lit.

Je ne prends même pas la peine de lever la tête.

J'avais cru que l'accident et la mort de Catrina étaient les pires choses qui pouvaient m'arriver. Et c'était le cas. Cette nuit-là était bien pire que ce que je vis maintenant.

Mais j'ai l'impression que l'on m'a ouvert le thorax et que tout ce à quoi je tiens est en train de se déverser sur le sol.

Cole

Je reçois un *Va te faire foutre* de Bailey par texto, me confirmant ce que je sais déjà : Rayne lui a tout dit.

Je n'ose pas aller chez elle après la réunion de la meute, car mon père m'a à l'œil. Il est même resté sobre et nous prépare une pizza surgelée pour le dîner.

Comme si on s'était rapprochés. Comme s'il était fier de moi.

Repenser à ce que j'ai fait me rend malade.

J'essaye de me convaincre que j'ai bien fait d'écarter les soupçons de l'Alpha Green et de calmer mon père.

Mais c'est un mensonge, et même moi, je sais que j'ai merdé.

Après le dîner, je monte dans ma chambre et lui envoie un nouveau message.

S'il te plaît, laisse-moi t'expliquer. Je peux passer ce soir ?

Essaye d'entrer par ma fenêtre, et j'appelle les flics. Je n'ai pas besoin de tes explications. Je sais déjà ce que tu vas dire.

Je reste fixer l'écran des yeux. Merde. Je vais être obligé de m'expliquer par texto.

Adriana a menti et a dit que je l'avais mise enceinte. L'alpha m'a obligé à révéler que j'étais avec toi, pas avec elle. Mon père a pété les plombs, et l'Alpha Green a commencé à parler de la règle qui nous interdit de fréquenter des humains, alors j'ai dit que je t'utilisais. Bailey, tu sais que ce n'est pas vrai. On garde nos secrets respectifs, tu te souviens ?

Ouais, je sais. Tu m'as reniée pour sauver ton cul. J'ai pigé. Les humains et les loups ne se mélangent pas – surtout quand ils ont nos parents. Alors on ne se verra plus. Fin de l'histoire.

Ce *fin de l'histoire* me fait l'effet d'un coup de poing dans le ventre. Jusqu'à présent, je m'accrochais à l'espoir qu'une fois que je lui aurais expliqué que ce n'était pas vrai, tout s'arrangerait entre nous. Qu'elle comprendrait, comme elle avait compris qu'il fallait que nous soyons discrets.

Mes doigts tremblent autour de mon téléphone alors que

je regarde l'écran. La panique qui me ronge depuis que j'ai vu Rayne me submerge, à présent.

Bailey, je veux te fréquenter. Je suis désolé, j'ignore comment faire. J'ai merdé. Je voulais te protéger, et c'était maladroit, mais je te jure que c'était mon intention. Je ne voulais pas que l'alpha me demande si tu étais au courant de notre existence, et je ne voulais pas que mon père s'en prenne à toi ou à ta mère.

Je ne reçois aucune réponse, ce qui est pire que tout.

S'il te plaît, je peux te voir en personne ?

Toujours rien.

Je la crois, quand elle dit qu'elle appellerait les flics.

Je donne un coup de poing dans le mur de ma chambre.

Fait chier !

Bailey

— Si tu approches encore, tu te prendras une baffe, dis-je sans même me détourner de mon casier en sentant la présence de Cole derrière moi.

— Tourne-toi, murmure-t-il. J'accepte ma baffe, Pink.

Je pivote et le frappe tellement fort que ma paume me brûle. Il ne bouge pas et se contente de me regarder avec des yeux de chien battu.

Dans le couloir, tout le monde se fige. Retient son souffle. Tous les regards sont braqués sur nous.

— Ne m'appelle pas Pink, dis-je les lèvres serrées. Ne m'appelle pas tout court.

À quelques casiers de là, je vois Adriana et ses copines

pom-pom girls écarquiller les yeux. Adriana a un sourire mauvais. Comme si c'était son anniversaire et que cette scène était son cadeau. Comme si elle avait gagné.

Connasse.

Je claque la porte de mon casier et tourne les talons.

Cole m'attrape par le poignet pour me retenir, mais quand il voit mon expression outrée, il me lâche et lève les mains comme pour se rendre. Il a mauvaise mine. Ses cheveux sont ébouriffés, il a des cernes, et son front est creusé de rides profondes, comme s'il se faisait du souci.

— Attends, Bails. Je veux juste discuter.

Sa voix est si basse que je l'entends à peine. Je fais mine de regarder autour de nous.

— Tu es sûr de vouloir me parler en public ? Tu ne voudrais pas que tout le monde sache que je compte pour toi, si ? Ah, mais attends, je ne compte pas, c'est vrai. C'était un stratagème. C'était quoi le but, déjà ? De me laisser à genoux ? J'ai une nouvelle pour toi, Muchmore : je suis toujours debout.

Si Cole tient à continuer de faire semblant d'être mon bourreau, je le laisserai faire. Son image d'alpha-bruti restera intacte. Loin de moi l'idée de prouver qu'un cœur se cache sous ce torse musclé.

Il déglutit.

— Tu sais bien que ce n'est pas vrai. Tout ce que je leur ai dit, c'était des conneries. Je te l'ai *expliqué*.

Il a les épaules basses. Je ne peux nier qu'il a l'air démoralisé. Mais je refuse de me laisser attendrir.

J'ai été bête de passer outre son comportement de petit con. Ça ne se reproduira plus.

Je joue des coudes pour traverser la foule de curieux et prends sur moi pour ne pas verser les larmes brûlantes qui me montent aux yeux. Évidemment, au bout du couloir, je suis obligée de passer devant Casey et ses amis.

Elle me bloque à moitié la route.

Je lève le menton et la dépasse sans même la regarder. Je tremble, mais je ne suis plus la petite nouvelle déroutée que j'étais en débarquant au lycée de Wolf Ridge. Je connais leur secret, désormais. Je sais que ce n'est pas moi le problème, c'est eux.

Et je connais la vérité sur Cole ; ce n'est pas un connard. Ou en tout cas, il a bien d'autres facettes. Mais c'est peut-être son secret le mieux gardé. Peut-être que je connais effectivement tous ses secrets.

À la bibliothèque, je me laisse tomber sur une chaise et sors mon ordinateur portable, sur lequel je mets le journal en forme. J'ai tous les articles sportifs et culturels qu'il me faut. Ce qu'il me manque, c'est de véritables nouvelles.

Je repense à M. Findle, mon ancien prof de journalisme à Golden. Il disait qu'un bon article parle aux lecteurs. Il ne doit pas se soucier de ce que les politiques, ou, dans notre cas, le lycée, veulent nous faire avaler. Il doit révéler ce qu'ils essayent de nous cacher. Ce qu'ils veulent taire. Il faut dégoter cette nouvelle, la déterrer, l'exposer. C'est ça, le véritable journalisme.

Je me souviens encore des unes : *Deux Lycéennes de Golden Impliquées dans un Tragique Accident de Voiture.* Puis, le mois suivant : *Une Lycéenne de Golden Souffre d'un Syndrome de Stress Post-Traumatique Après l'Accident Fatal.* Et un troisième : *Une Lycéenne Rend Hommage à Catrina Goldberg avec un Projet Artistique.*

Je me souviens de la manière dont les élèves de mon lycée s'étaient plongés dans le journal de l'établissement pour lire et relire ces articles. La façon dont ils en parlaient à voix basse. Certains pleuraient, même.

J'avais eu envie de tuer notre rédacteur en chef, John Yager, pour avoir écrit sur la tragédie. Pour m'avoir demandé une interview. Au début, je refusais de lui parler. Mais il avait fini par me convaincre que son article ferait du bien à tout le monde.

Il avait raison. Et John Yager a gagné un prix de journalisme ainsi qu'une bourse de mille dollars pour sa « couverture pleine de délicatesse de la tragédie qui a affecté tous les élèves du lycée de Golden. »

J'ai détesté être le sujet de ces articles. Mais pour être honnête, le fait que mon histoire et celle de Catrina soient racontées m'a aidée, quelque part.

Je regarde mon écran sans le voir.

J'ai moi aussi une histoire à raconter.

Une histoire, qui, cette fois aussi, m'exposera au regard des gens et à leurs critiques. Une histoire qui jettera en pâture mon expérience tragique. C'est la nouvelle la plus importante du lycée de Wolf Ridge. Une nouvelle qui pourrait éviter à de futurs élèves de subir le même sort que moi.

Et ne pas révéler ces informations, garder le secret pour me protéger, ne serait pas seulement lâche, ce serait dangereux.

Je prends une grande inspiration et souffle lentement.

Alors... comment l'écrire ?

Cole

Après l'entraînement, j'engloutis trois des bières de mon père. Il est déjà endormi sur le canapé, et son bide à bière pendouille sous son tee-shirt pour retomber sur son short de sport.

J'emporte une quatrième bière dans ma chambre et m'écroule sur mon lit.

Je vais peut-être me saouler à mort, comme mon père. Marrant, comme je m'évertuais à travailler dur pour nous ramener à manger, pour avoir la moyenne et continuer à jouer au football, pour empêcher mon père de perdre complètement les pédales.

Soudain, tout ça n'a plus aucun sens.

Le lycée, mon équipe, la meute, ma famille, je m'en fous complètement.

Ça m'indiffère.

Tant d'efforts pour me conformer aux rôles que je me suis imposés. Alpha-bruti je-m'en-foutiste. Star du football américain. Fils de Jerry. Frère de Casey.

Je ne remplissais même pas ces rôles correctement, mais c'est eux qui me portaient. Qui me poussaient à rester sur un chemin que je n'aimais même pas.

Et maintenant, je me fiche éperdument de tout ça.

Tout ce que je ressens, c'est la douleur qui me submerge. De la tête aux pieds.

Est-ce ce que ressent Bailey ?

Est-ce ce que je lui ai fait ?

Parce que si c'est le cas, j'ai bien envie de me casser la gueule.

Je devrais le faire.

J'essaye de me donner un coup de poing, et je réussis à me casser le nez. Le sang gicle et me coule dans la gorge. Je reste allongé sur le dos.

— Cole ?

Casey frappe à ma porte, et quand je ne réponds pas, elle l'ouvre.

— Pourquoi il y a une odeur de sang ? *Par le Destin.*

Elle me regarde d'un air dégoûté et demande :

— Tu t'es fait ça tout seul ?

— Va-t'en.

Elle pose les mains sur les hanches et me dévisage.

— Alors, qu'est-ce qui s'est passé ? Adriana est enceinte et prétend que tu es le père ?

Je ferme le poing sur fort sur la bouteille de bière qu'elle se brise, et le verre m'entaille la paume.

— *Cole.*

Ma sœur se précipite vers moi et commence à extraire les morceaux de verre de ma peau pour les jeter à la poubelle.

— Tu es le père ? s'enquiert-elle à voix basse.

Je la fusille du regard.

— Bien sûr que non, putain ! Je ne l'ai pas touchée depuis un an.

Sans prêter attention à mon agressivité, elle continue d'enlever les morceaux de verre.

— Mais l'hum... euh, Bailey ne te croit pas ?

Je braque le regard sur ma chair entaillée. Je ne sens rien.

— Non. Ce qui a fait scandale, c'est mon histoire avec Bailey, pas Adriana. Et papa était là. L'Alpha Green aussi. Je ne voulais pas qu'ils s'énervent, alors j'ai raconté plein de conneries.

J'ai bien envie de me donner un nouveau coup de poing. De serrer la main sur les morceaux de verre pour les planter profondément dans ma paume.

— Arrête ! M'ordonne Casey en m'écartant les doigts. Quelles conneries ? Qu'est-ce que tu as dit ?

— Des trucs débiles. Cruels. Que je me servais d'elle pour me venger. Que je comptais la détruire. Ce que j'envisageais de faire avant de tomber...

Je déglutis. Putain, c'est la vérité.

— Avant de tomber amoureux, lâché-je d'une voix étranglée. Et ensuite, je suis sorti de la salle, et Rayne était là, dans le couloir. Elle a tout entendu.

Casey écarquille les yeux.

— Eh merde.

— Ouais. Alors Bailey ne veut plus de moi. Et je n'arrive même pas à me regarder dans la glace, après ce que je lui ai fait.

La honte m'engloutit.

— Je ne sais pas quoi faire, Casey.

Je ne montre jamais mes faiblesses à ma petite sœur. Ni à personne, d'ailleurs, sauf à Bailey. Mais là, j'ai besoin de conseils féminins.

— Tu crois que je peux me rattraper ?

Casey est devenue pâle. J'ignore si c'est parce que je suis pathétique ou parce qu'elle est horrifiée par ce que j'ai fait.

— Je ne sais pas, Cole.

Je dégoûte même ma propre sœur.

— En gros, ajoute-t-elle, tu as choisi ton alcoolique de père au lieu de la fille que tu aimes. Super choix.

Je n'ai même pas la force de lui jeter un regard noir. Je me passe la main sur le visage, étalant du sang et des morceaux de verre sur ma joue.

— Arrête, m'ordonne Casey en me donnant une tape sur la main. Tu l'aimes *vraiment* ?

Mes yeux se mettent soudain à brûler. Mes souvenirs de Bailey défilent dans mon esprit.

Je la revois sous ma fenêtre, à m'observer en silence.

Son visage émerveillé la première fois qu'elle a vu l'air de jeu abandonnée.

La façon dont elle a pleuré pour moi dans sa voiture.

Son odeur de cannelle et de miel.

La confiance qu'elle a placée en moi alors que je ne la méritais pas.

Sa volonté d'explorer des pratiques sexuelles que ni elle ni moi ne connaissions.

J'ai été bête de la croire faible. Ou trop intellectuelle. Ou méprisable.

Elle est complexe, mais claire. Brisée, mais forte. Bien plus courageuse que je ne le serai jamais.

Je voulais la mettre à genoux, mais c'est moi qui suis à terre.

Et je ne suis *rien* sans elle.

— Bon sang, Cole, dit ma sœur, visiblement perturbée par les émotions qu'elle lit sur mon visage, ou peut-être par mes yeux humides. Il faut que tu trouves un moyen de la récupérer.

Je me penche sur le côté pour vomir les trois bières que j'ai englouties sur le sol.

Casey pousse un petit cri et s'éloigne de la zone d'impact.

— Dégueulasse. Tu es dégueulasse. Il faut que tu te décides. Est-ce que tu veux t'élever et récupérer ta copine, ou prendre papa pour exemple et renoncer à avoir une belle vie ? Là, j'ai l'impression que tu as choisi la deuxième option, alors je te souhaite bonne chance.

Je me laisse retomber sur le lit et je ferme les yeux, priant pour perdre connaissance et oublier la douleur dans ma poitrine.

La pièce tourne. Je n'ai pas mangé depuis le petit-déjeuner, et l'entraînement était éreintant, aujourd'hui. C'est sans doute pour ça que les bières sont mal passées. Je devrais me nettoyer et éponger le sol. Je devrais me lever.

Mais je suis incapable de faire le moindre geste...

CHAPITRE SEIZE

Bailey

Je n'avais pas prévu d'aller au match. Je dois être maso-
chiste. Ma relation avec Cole le prouve, non ?

Non, je ne veux pas penser ce genre de choses.

Nous avons vécu des moments que je n'échangerais pour
rien au monde. Et je connais la vérité sur Cole. Sous sa
grande-gueule et son agressivité, ses fanfaronnades et son
arrogance se cache un jeune homme loyal et compatissant qui
veut bien agir. Qui prend soin des gens qu'il aime, même si
cela lui vaut une raclée et l'oblige à faire comme s'il ne
sortait pas avec la fille qui compte pour lui.

Et je sais que je compte à ses yeux.

Il ne faisait pas semblant. Il ne se servait pas de moi, n'essayait pas de me détruire. Mais il n'est pas... en mesure d'être
mon petit ami.

Et je lui pardonne tout. Car malgré cette rupture douloureuse, il m'a beaucoup donné.

Et c'est pour cette raison que je suis assise sur le dernier gradin du stade avec Rayne, pour le regarder jouer. J'étais incapable de rater ça.

Je repère son père au premier rang, une canette de bière à la main.

Quand les équipes font leur entrée, Cole a la tête baissée. Il se met en place pour le début de la partie et joue avec un manque d'enthousiasme évident, laissant la balle lui échapper au profit de l'autre équipe.

Les spectateurs de notre partie du stade grognent et marmonnent. J'entends des gens cracher le nom de Cole dans toutes les directions. Apparemment, ses fans ne le soutiennent que dans les bons moments.

Et ça m'énerve.

J'espère qu'il a au moins le soutien de ses amis.

Je regarde la première partie du match désastreuse, l'estomac noué, les mains serrées sur mes genoux. Cole ne va pas bien. Pas bien du tout.

Et savoir que c'est à cause de moi ne flatte absolument pas mon ego.

Ça me mine.

— Tu veux quelque chose ? me demande Rayne quand tout le monde se lève pour aller chercher à manger.

— Non.

Je ne bouge pas. Mon corps est ankylosé. Mes membres pèsent un million de tonnes. Rayne s'éloigne, et je reste assise, le regard perdu vers la foule.

Ce sont des métamorphes. Pour la plupart, en tout cas. C'est marrant, je ne me sens plus à l'écart. Wolf Ridge est mon lycée. Cette équipe est mon équipe.

Rien de tout cela n'a de sens, mais c'est en découvrant à quel point je suis différente que je trouve enfin ma place.

Ou alors, c'est le fait de savoir que je connais leur secret.

C'est aussi ce qui nous a rapprochés, Cole et moi. La vulnérabilité des secrets partagés.

Quand Rayne revient et que le match reprend, je le remarque à peine. Mon chagrin m'engourdit.

Mais Cole se met à jouer, et je suis de nouveau aimantée par sa silhouette.

Un coup de sifflet retentit, le ballon est jeté. Cole l'attrape. Un membre de l'autre équipe le plaque au sol.

Et Cole pète les plombs.

Dans une démonstration évidente de sa force surnaturelle, il se redresse, renversant leurs deux corps pour atterrir sur son adversaire, qui est allongé sur le dos. Puis il se retourne et se met à le rouer de coups de poing.

L'arbitre n'arrête pas de siffler. La foule hurle et le hue, dans les deux camps. Les coéquipiers de Cole se jettent sur lui pour l'éloigner de sa victime, et son coach débarque pour lui crier dessus.

— Faute. Le joueur vingt-six est disqualifié, annonce l'arbitre au micro.

Je n'entends pas ce que hurle le coach, mais il ne fait aucun doute qu'il est furieux contre Cole. Ce dernier commence à quitter le terrain, mais juste avant de disparaître, il s'arrête et enlève son casque.

Puis il me regarde droit dans les yeux.

J'ai le souffle coupé.

Il est immobile.

Son coach se remet à lui crier dessus. Le public le siffle. Puis, tout le monde se met à grommeler « qu'est-ce qu'il fout », ou « qu'est-ce qu'il regarde ? » Autour de nous, les gens tordent le cou dans leurs sièges, jusqu'à ce que tous les regards de notre section se braquent sur moi. Ou du moins, j'en ai l'impression. Je ne les vois pas. Je n'ai d'yeux que pour le visage chagriné de Cole, pour son regard brûlant rivé sur moi.

Je lève les doigts dans un salut hésitant.

Il lève le menton.

Deux de ses potes l'attrapent par les bras et le sortent de force du terrain.

Je me mords la lèvre pour éviter de fondre en larmes, même si je ne sais pas pourquoi je pleurerais.

Pour Cole.

Pour moi.

Pour nous.

Pour ce qui ne peut pas exister.

Nous assistons à la fin du match, mais je n'y fais pas attention. Pour être honnête, je ne sais même pas si Wolf Ridge a gagné. Je serais sans doute restée assise là toute la nuit, si Rayne ne m'avait pas prise par le bras pour me traîner jusqu'à ma voiture.

Une fois sur le parking, j'entends des voix féminines, mais je n'y prête pas attention. Les pom-pom girls se trouvent dans leur repère habituel, prêtes pour une fête d'après-match.

— Bailey !

Je lève les yeux vers le groupe. Des pom-pom girls et d'autres filles que je reconnais vaguement.

Rayne serre sa prise sur mon bras, comme si elle était inquiète.

— Bailey !

C'est Casey qui m'appelle, au centre du groupe. Elle tire Adriana par le bras et la traîne vers nous.

— Dis-lui, ordonne-t-elle à Adriana en la secouant.

Casey est bien plus grande qu'elle, même si elle a deux ans de moins. Et elle a le même talent que son frère pour l'intimidation.

— Me dire quoi ? m'enquiers-je.

Un frisson me monte dans les jambes. Que me veulent-elles ? Je commence à en avoir assez, des drames de Wolf Ridge.

Adriana montre les dents dans un geste très lupin et balaye ses cheveux sur son épaule.

— Je lui dirai que dalle, crache-t-elle.

— Très bien, c'est moi qui lui dirai, alors. Adriana n'est pas enceinte. Elle ne l'a jamais été. Elle a dit ça pour foutre la merde.

Je tente de déglutir et force mes poings à se desserrer. Pourquoi Casey croit-elle que ça m'intéresse ? Pourquoi est-ce que ça l'intéresse *elle,* d'ailleurs ? Et la plus grande question de toutes : pourquoi cause-t-elle cette scène pathétique alors qu'elle sait que son frère n'a jamais avoué avoir de relation avec moi ? Qu'il a toujours caché notre relation ?

— Peu importe, répliqué-je d'une voix serrée. Je m'en fiche.

Les épaules de Casey s'affaissent. Elle m'observe un moment.

— Eh bien, pas moi, déclare-t-elle en faisant pivoter Adriana face à elle. Si tu cherches encore à causer des ennuis à mon frère et à sa copine, je te casse la gueule.

Elle lâche Adriana et la repousse.

— Ouais ! L'encouragent certaines des filles de l'équipe de volley.

Les amies d'Adriana la rattrapent. Elle pâlit. Casey semble en mesure de mener ses menaces à bien.

— Je ne suis pas sa copine, marmonné-je.

Mais personne ne m'écoute. Les filles commencent à se hurler dessus à nouveau, et Rayne me tire par le bras, les yeux écarquillés.

— Quelqu'un essaye d'arranger les choses, dit-elle une fois dans ma voiture.

— Ouais. Pourquoi, à ton avis ?

— Je pense qu'elle n'aime pas voir son frère souffrir à ce point.

Mes bras se couvrent de chair de poule.

— À cause de moi ? murmuré-je, même si je sais que c'est la seule explication.

— Euh, oui ? répond Rayne comme si c'était une question bête. Il vient d'être exclu d'un match. Visiblement, il prend très mal votre rupture.

Je secoue la tête et démarre.

— On ne peut pas rompre quand on n'est pas ensemble.

— Oh, arrête. Vous n'avez peut-être pas mis d'étiquette sur votre relation, mais vous partagiez clairement quelque chose. Quelque chose de grand et d'important pour vous deux.

Ses mots m'arrachent une grimace de douleur. Oui, Cole était important à mes yeux.

Il l'est toujours.

Je m'engage dans la circulation d'après-match.

— Pas important au point qu'il s'affiche avec moi. Même sa sœur admet plus facilement que lui que nous étions en couple.

Rayne se frotte le front.

— Ouais.

Je traverse les rues embouteillées jusqu'à notre quartier, et je dépose Rayne.

Quand je rentre chez moi, toutes les lumières sont éteintes chez Cole, et il n'y a pas de voitures dans l'allée, ce qui me soulage. Au moins comme ça, je n'ai pas besoin de me demander ce qu'il est en train de faire. S'il pense à moi. S'il souffre autant que moi.

Mais après cette soirée, je connais sans doute déjà la réponse.

Il souffre.

J'aimerais bien que cette information me soulage, mais ce n'est pas le cas.

~

Cole

Il est 22 h 45 quand je me gare devant chez Rayne. Sa mère va sans doute me tuer, mais je m'en fous. Le Coach Jamison m'a plus ou moins botté le cul après le match. Il m'a jeté contre les casiers et m'a dit que si je continuais de me comporter comme un voyou, il me virerait de l'équipe.

— Alors, virez-moi, lui ai-je crié.

Mais il m'a de nouveau plaqué aux casiers.

— T'as pas intérêt à me lâcher, Muchmore, a-t-il grogné. Arrête de te comporter comme un gamin qui n'a aucun contrôle sur sa vie.

— Je n'ai aucun contrôle ! me suis-je exclamé.

— Alors, prends-le, a répondu Jamison d'un ton calme. C'est toi qui mènes ta vie, Cole. Pas ton père. Pas l'alpha. Tu vas vraiment les laisser te séparer de ta copine ?

Je l'ai regardé d'un air choqué. Mais bien sûr, il savait ce qui se passait dans ma vie. Mes amis avaient dû tout lui dire quand j'avais failli nous faire perdre le match. Ils seraient prêts à tout pour moi, mais Jamison est un alpha, et c'est comme un père pour nous tous.

À ce moment-là, un calme m'a envahi. De l'apaisement et de la détermination.

—Non, ai-je juré. Je ne les laisserai pas faire.

Alors je suis là. Pour rattraper mes conneries. Casey m'a

raconté le stratagème d'Adriana, et cela ne me rend que plus motivé. Je monte les marches et sonne à la porte.

Sa mère, une ouvrière de la brasserie, ouvre la porte et me regarde en plissant les yeux, comme pour tenter de comprendre ce qui se passe.

— Cole Muchmore ? demande-t-elle d'un air incrédule.

— Non mais c'est une blague, dit Rayne au loin.

Elle apparaît quelques instants plus tard sur le seuil. Au lieu de m'inviter à entrer, elle sort sur le porche et ferme la porte au nez de sa mère.

— Qu'est-ce que tu veux ? me demande-t-elle, les bras croisés.

Elle fait trente centimètres de moins que moi, mais apparemment, je ne lui fais plus peur du tout. C'est grâce à Bailey. Elle lui a donné confiance en elle.

Je fourre les mains dans les poches pour sembler moins menaçant.

— Des conseils. J'ai besoin de tes conseils. Ou de ton aide.

Elle hausse un sourcil.

— *Tu* as besoin de *mon* aide ? répète-t-elle comme si elle n'en revenait pas.

— Comment je fais pour récupérer Bailey ?

Elle reste bouche bée. Une partie de son hostilité s'envole. Mais elle répond :

— Tu ne crois pas que tu devrais laisser tomber ? Tu ne peux pas être avec elle, de toute façon. C'est interdit.

Je donne un coup de pied dans une marche du porche.

— Je m'en fous que ce soit interdit. Garrett Green a épousé une humaine, dis-je en parlant du propre fils de notre alpha. Pas mal des membres de sa meute sont mariés avec des humains. Pourquoi notre meute est-elle vieux jeu au point de m'interdire de *sortir* avec elle ?

Rayne hausse les épaules.

— Je ne sais pas. Tu es prêt à tenir tête à l'alpha pour elle ?

C'est un test. Je réalise qu'elle veut savoir jusqu'où je suis prêt à aller pour Bailey avant de me dire quoi que ce soit.

— Oui, réponds-je sans la moindre hésitation. Je suis prêt à affronter l'Alpha Green. Mon père. Mes amis. Quoi qu'il en coûte. Je suis prêt à me battre pour elle. C'est ce que tu voulais savoir ?

Rayne hausse les épaules.

— C'est ce qu'elle a besoin de savoir.

Je la dévisage et tente de digérer ce qu'elle est en train de me dire.

— Tu lui as donné l'impression qu'elle n'était pas assez bien pour que tu t'affiches avec elle. Si tu veux arranger ça, tu as plutôt intérêt à montrer que tu es fier de l'avoir pour petite amie.

Mon cœur se met à battre plus vite. Ce qu'elle dit est plein de bon sens. J'ai humilié Bailey en parlant d'elle comme ça devant mon père et l'alpha. Elle a peut-être compris que je mentais, mais elle ne peut pas fermer les yeux sur le manque de respect que je lui ai témoigné.

— Merci, Rayne, grommelé-je. Tu as raison.

Je quitte son porche tout en passant tous les scénarios en revue. Comment faire mes preuves ? Comment lui montrer que je la défendrai toujours, en public comme en privé ?

CHAPITRE DIX-SEPT

Cole

Dans la culture lupine, c'est toujours le plus grand et le plus fort qui gagne. C'est la loi du plus fort. La domination et la hiérarchie de la meute priment sur tout le reste. J'ignore depuis combien de temps je suis plus grand et plus fort que mon père. Ça a dû se produire au cours de l'année précédente.

Je le savais déjà avant que notre voisin Lon me suggère de répliquer, mais ce jour-là, je n'en avais pas envie. Avant de devenir alcoolique, quand il nous élevait encore correctement, mon père m'a enseigné le respect des aînés. Et même maintenant qu'il n'est plus digne de mon respect, j'ai du mal à lutter contre mon éducation.

Mais je n'ai plus le choix.

Mon père fait du mal à sa famille. Je ne vais pas lui mettre ce qui s'est passé entre Bailey et moi sur le dos. C'est de ma faute. J'ai fait les mauvais choix. Mais je refuse de l'utiliser comme excuse pour renoncer à la seule chose positive qui me soit arrivée ces derniers temps.

Après l'entraînement, je traverse la maison et ramasse les

bouteilles vides pour les recycler. Au cours du mois, mon père a délaissé les bières pour le whisky. Je trouve quatre bouteilles vides dans la cuisine. J'en trouve trois entamées dans le salon. Je les verse dans l'évier.

— Hé ! aboie mon père, qui sommeillait devant la télé. Qu'est-ce que tu fous ?

— Je me débarrasse de ton alcool, papa, lui expliqué-je calmement.

Casey apparaît en haut des escaliers, sur ses gardes.

— T'as qu'à croire, répond mon père. Repose ça, Cole ! Repose ça tout de suite !

Il bondit du canapé et titube vers moi.

Je dois mobiliser toute ma concentration pour ne pas adopter une posture défensive ou d'évitement. C'est moi l'alpha, désormais. S'il m'y oblige, je rendrai les coups.

— Tu arrêtes de te saouler. Désormais, j'interdis l'alcool à la maison, déclaré-je comme si c'était moi le parent et lui l'enfant. Et tu vas te rendre aux réunions des alcooliques anonymes et te reprendre en mains, ou tu t'en vas.

Mon père me donne un coup de poing.

Je l'évite et le frappe au ventre avec force. Vraiment beaucoup de force. Il vaut mieux en finir vite.

Il se plie en deux et tombe à genoux.

— C'est ma putain de baraque, dit-il d'une voix pâteuse en se tenant le ventre. Tu me dis pas quoi faire.

— Je vais me gêner, tiens.

Je prends exemple sur l'Alpha Green pour mettre le plus d'autorité possible dans mes mots, avec le calme et l'assurance d'un leader.

— Tu as deux enfants qui ont besoin de stabilité. Tu vas subvenir à leurs besoins. Tu vas te reprendre en mains et trouver du boulot. Dans le cas contraire, tu finiras à la rue.

Mon père se jette sur mes jambes pour me plaquer au sol.

Je lui donne un coup de pied en plein visage. Une fois. Deux fois. Trois.

Casey pousse des hurlements.

Je donne un nouveau coup de pied à mon père.

— Tu vas le tuer, Cole !

Je donne un dernier coup de pied. Il ne bouge plus.

— Par le Destin, souffle Casey en descendant les marches quatre à quatre pour se pencher sur notre père.

— C'est moi l'alpha de cette maison, désormais. Soit il se comporte en adulte, soit il dégage.

Ma sœur fond en larmes.

Je lui touche l'épaule, et elle se blottit contre moi, me laisse l'étreindre pendant qu'elle craque et sanglote.

— C'est fini, lui dis-je. On va s'en sortir.

❧

Bailey

La nuit dernière, j'ai dû dormir trois heures. Mon niveau d'anxiété crève le plafond, mais il est trop tard pour reculer, à présent. La première édition de la *Gazette du Lycée Wolf Ridge* paraît aujourd'hui.

Ce n'est pas l'article que j'ai écrit pour la une qui me noue l'estomac, même si j'en ai fait des cauchemars cette nuit. Non, c'est le témoignage que j'ai écrit pour la dernière de couverture qui me pousse à me ronger les ongles. Dedans, je dévoile la vérité sur Cole. Je lui vole le pouvoir qu'il a – avait – sur moi. Je ne le laisserai plus se cacher derrière son personnage de brute. À mes yeux, c'est un héros, et je veux que toute l'école soit au courant.

Je vais faire éclater la vérité. N'est-ce pas le but d'un journal ?

Rayne et moi quittons le campus à l'heure du déjeuner. Je dis au surveillant que j'ai des choses à faire pour le journal et qu'il peut appeler Brumgard pour vérifier pendant que je vais chercher les exemplaires du journal chez l'imprimeur de Cave Hills.

— La direction de votre établissement sait que vous publiez cet article ? me demande l'employée de l'imprimerie avec curiosité.

C'est bien. Ça veut dire que ma une est percutante. *Un Professeur de Wolf Ridge Agresse Sexuellement une Élève* est le genre de gros titre qui interpelle le lecteur.

— Elle est sur le point de le découvrir, réponds-je.

— Bravo, me répond-elle en nous aidant à porter les cartons de journaux jusqu'à ma Coccinelle. Il mérite d'être dénoncé.

— Merci. Je panique un peu, mais je sais que c'est la bonne chose à faire.

— Sans aucun doute, m'encourage l'employée.

— Ça va être mémorable, dit Rayne. Je suis super fière d'être ta complice, là.

Je lui souris et prends une grande inspiration.

— Prête ?

— Prête.

— Alors, allons-y.

~

Cole

En sortant de la cafétéria, je sens immédiatement quelque chose de différent. Il y a de l'excitation dans l'air. Tous les élèves émettent une sorte de nervosité, d'emballement.

Les journaux.

Ils en ont tous à la main.

— Cole ! me lance l'un des membres de l'équipe secondaire en m'en tendant un.

Il me faut un quart de seconde pour lire le gros titre et comprendre ce qui se passe.

Je me précipite vers la classe de Brumgard. Bo, Wilde, Austin et Slade m'emboîtent le pas. Connard est là, occupé à manger son déjeuner à son bureau. Il n'a sans doute pas encore lu l'article. Je claque la porte de la classe.

— Gardez l'entrée, ordonné-je à Bo et Wilde.

Ils s'adossent immédiatement au panneau de bois. Les loups-métamorphes obéissent à une structure paramilitaire. Nous sommes des soldats de nature, et nous suivons constamment une voie hiérarchique. Mes amis n'ont même pas encore vu le journal, mais ils obéissent immédiatement avec férocité, s'en remettant à mes instincts belliqueux.

Trente secondes plus tard, une foule d'élèves des classes inférieures montent la garde à leurs côtés.

— Vous deux, allez surveiller la fenêtre, ordonné-je à Austin et Slade.

Ils hochent la tête et s'en vont en courant, une demi-douzaine de volontaires sur les talons.

Je parcours l'article en vitesse. Il répond à la structure en pyramide inversée que nous a enseigné Brumgard : les nouvelles les plus importantes en premier.

Élève de terminale au lycée de Wolf Ridge, Bailey Sanchez a été agressée sexuellement par le professeur de journalisme Alfred Brumgard le six octobre dans la classe de ce dernier, après l'arrêt des cours. Un autre élève de terminale, Cole Muchmore, qui venait chercher un devoir facultatif, a été témoin de l'agression, qui n'a pas encore été signalée aux autorités.

Muchmore s'en est pris physiquement à Brumgard pour mettre fin à l'agression, cassant le nez du professeur.

Sanchez, la victime, rapporte : « Je décide de révéler cette affaire au public, car je veux m'assurer qu'il ne fasse pas d'autres victimes. »

Muchmore a assuré être prêt à témoigner devant les autorités.

Bailey Sanchez est un génie. Un génie courageux et épatant. J'en ai les larmes aux yeux.

— Cole, me lance l'un des élèves qui se trouvent à proximité. Lis celui-là.

Il tourne le journal pour me montrer un autre article. Son titre est *Une Lycéenne de Wolf Ridge nous Livre son Témoignage sur l'Agression Dont elle a été Victime.*

Mon cœur bat la chamade alors que je commence à lire.

De Bailey Sanchez

Cet article est difficile à écrire, mais je veux faire connaître mon histoire. Je suis une nouvelle élève au Lycée Wolf Ridge. Une étrangère. Je n'avais pas beaucoup d'amis, au début, et c'est toujours le cas.

Quand j'ai demandé à mon professeur de journalisme, M. Brumgard, s'il accepterait de lancer un journal étudiant, il a d'abord refusé. Mais ensuite, sans doute parce qu'il a constaté ma solitude, il m'a vue comme une proie facile. Il m'a invitée à le retrouver après les cours au sujet du journal. Une fois seule avec lui, il m'a fait part de sa compassion quant à ma solitude, m'a promis son amitié, et a glissé une main sous ma jupe.

Le soir, avant de dormir, je pense à tout ce que j'aurais voulu faire quand c'est arrivé. À ce que j'aurais pu faire pour éviter cette agression, ou à la réaction que j'aurais pu avoir pour mieux me défendre.

Je suis gênée d'admettre qu'en cet instant, je me suis figée comme une biche prise dans les phares d'une voiture.

Mais j'ai de la chance. Cole Muchmore, quarterback de l'équipe de football américain du lycée, est entré à ce moment-là. Nous n'étions pas amis. En fait, je dirais même que nous étions tout le contraire. Mais ça ne l'a pas empêché d'agir immédiatement pour me protéger de mon agresseur. À l'instant où il a vu dans quelle situation je me trouvais, il a donné un coup de poing dans le nez de M. Brumgard et lui a ordonné de ne plus jamais me toucher.

Quand je me suis enfuie, il m'a suivie pour s'assurer que j'aille bien. Il m'a proposé son témoignage si je souhaitais porter plainte.

Même si je savais que la honte de l'agression devrait tourmenter l'agresseur, pas sa victime, je ne voulais pas raconter ce qui m'était arrivé. Je ne voulais pas faire connaître mon histoire, de peur que les gens me croient brisée ou traumatisée.

Mais après avoir bien réfléchi, j'ai décidé qu'il valait mieux m'exprimer pour éviter que ce que j'ai vécu arrive à une autre élève seule ou vulnérable.

Je ne cherche pas la pitié. Je ne veux pas que l'on chuchote sur mon passage ou que l'on me montre du doigt. Si vous me voyez dans les couloirs après avoir lu cet article, je préférerais une tape dans la main. Ou un simple « Salut, Bailey » serait agréable.

Je me cogne la tête contre un casier. Comment ai-je pu me montrer aussi cruel et insensible envers Bailey ? Même quand j'ai commencé à l'apprécier, je n'ai pas levé mon interdiction de se lier d'amitié avec elle. Les autres élèves suivaient mon exemple, mes ordres. Elle s'est sentie exclue dès le premier jour dans ce lycée, et c'est ma faute.

Je donne un nouveau coup de tête dans le casier.

Je croyais la briser, mais en réalité, elle l'était déjà en arrivant. Elle était brisée par la mort de sa meilleure amie, et Brumgard n'a fait qu'aggraver les choses.

Mais elle s'est relevée, toute seule.

Elle s'est élevée au-dessus de tout, au-dessus de moi et des conneries que je disais sur elle, au-dessus de Brumgard, au-dessus de tous les élèves de cette école qui la snobaient. Et ce n'est pas en faisant semblant d'être forte qu'elle y est parvenue.

Non, c'est en se montrant vulnérable.

Bailey Sanchez est la personne la plus courageuse que je connaisse.

Je donne un troisième coup de tête dans le casier, et une main se pose avec douceur sur mon épaule.

— M. Muchmore ?

C'est Mme Cok, la prof d'espagnol.

— Vous feriez mieux de m'accompagner dans le bureau du principal, me dit-elle.

Dans le bureau... Bien sûr. Parce que Brumgard va plonger pour ce qu'il a fait. Je suis Mme Cok. Bailey se trouve devant la porte du bureau, et le principal Olsen nous ouvre et nous fait signe d'entrer.

J'emboîte le pas à Bailey. Elle porte l'une de ses mini robes qui me rendent dingue, avec un col rond et des chaussettes hautes, cette fois. Elle est belle, unique, et c'est de loin la meilleure chose qui soit arrivée à ce lycée.

Mais l'odeur métallique de sa peur flotte dans la pièce. Elle a le trac.

Je m'approche et la prends par la main, même si j'ignore si elle acceptera mon geste.

— Tu n'as rien à craindre, lui dis-je d'une voix ferme.

Le principal Olsen se tourne vers elle.

— C'est vrai, vous n'avez rien à craindre, confirme-t-il en levant un exemplaire du journal, le doigt sur l'article en une. J'ai une question pour vous deux. Est-ce que tout est vrai ?

— Oui, Monsieur, réponds-je.

Bailey hoche la tête.

Olsen décroche le téléphone.

— Appelez le shérif. Et demandez au Coach Jamison de se rendre dans la classe de Brumgard pour qu'il ne s'échappe pas.

— J'y ai déjà veillé, l'interromps-je.

Olsen me regarde en haussant les sourcils, mais il hoche la tête et écoute ce que lui dit son interlocuteur.

— En effet. Oui, prévenez aussi Green.

Il raccroche et regarde Bailey.

— Je suis désolé de ce qui vous est arrivé. Vous voulez appeler votre mère, ou je m'en occupe ?

Bailey ferme les yeux.

— Ma mère, grogne-t-elle. Je vais l'appeler.

— Très bien. Restez là, tous les deux, jusqu'à l'arrivée de la police. Je vais aller voir ce qui se passe du côté de Brumgard. Cole, vous avez dit vous en être occupé ?

— J'ai placé des membres de l'équipe devant la porte et la fenêtre. Il ne peut pas s'enfuir.

— Bien joué, Cole, me dit-il en me donnant une tape sur l'épaule. Vous avez fait ce qu'il fallait. Je suis fier de vous.

Je suis tenté de lever les yeux au ciel, car c'est ce que

ferait l'ancien Cole, mais pour une fois, le compliment d'un adulte me paraît sincère et mérité. Je l'accepte, honoré.

— Merci, Monsieur.

Il quitte la pièce.

— Bailey...

— Non, Cole.

Elle a l'air fatiguée. À bout. Elle enlève sa main de la mienne.

Je m'approche d'elle, mais je ne la touche pas. J'ai tellement de choses à lui dire, et c'est la première fois que je me retrouve seul avec elle depuis la réunion de la meute.

— Bailey, j'ai merdé. Je t'ai fait du mal, et je m'en excuse.

Une vague de douleur apparaît sur son visage et elle détourne les yeux, vers la fenêtre du bureau.

Je lui touche la joue pour qu'elle me regarde. Je n'insiste pas, et me contente de la caresser avec douceur.

— Donne-moi une autre chance, ma belle, et je ferai tout comme il faut, cette fois. Je tiendrai tête à l'Alpha Green, à mon père et à tous les membres de la meute qui voudront m'empêcher d'être avec toi. Je te mettrai une couronne sur la tête et je te paraderai dans tout le lycée comme ma reine. Si tu me donnes une deuxième chance, je serai le meilleur petit ami que la ville – non, le monde – ait jamais vu.

L'ombre d'un sourire apparaît sur les lèvres de Bailey.

— Et qu'est-ce qu'il fait, le meilleur petit ami du monde ?

Je souris à mon tour, car je vois bien qu'elle commence à se radoucir.

— Je ne sais pas, mais je te jure que je vais le découvrir. Je vais observer ma copine pour déterminer ce qu'elle attend de moi, et je le lui donnerai.

Bailey baisse la tête. Quand je lui soulève le menton, des larmes brillent dans ses yeux.

J'ai envie de lui attraper le visage et de m'emparer de sa bouche comme je l'ai déjà fait plusieurs fois, mais je prends sur moi.

— J'ai besoin de t'embrasser, ma belle. Je peux ? S'il te plaît ?

Elle tend les bras vers moi. Attire mon visage vers le sien. M'embrasse sur la bouche. Elle a un goût sucré, comme un bonbon. Mes lèvres caressent les siennes et savourent la douceur, la beauté de son pardon.

Dehors, j'entends la grosse voix de l'Alpha Green, et j'interromps notre baiser.

— Viens, ma belle. Il faut que je fasse quelque chose.

Je la prends par la main et la guide à l'extérieur du bureau.

Green se tient sur le seuil, et sa carrure imposante prend toute la place dans l'entrée. Il interrompt sa conversation avec le secrétaire en nous voyant arriver.

— Cole. Bailey.

Il nous adresse un signe de tête. Bailey sursaute en réalisant qu'il connaît son nom, mais je lui serre la main et m'éclaircis la gorge.

— Bailey, je te présente M. Green, le maire, qui est également notre alpha.

Une expression désapprobatrice apparaît sur le visage de Green, mais je garde le dos bien droit.

— Alpha Green, quand on s'est parlés à la réunion, j'ai menti au sujet de Bailey. C'est bien ma petite amie.

Green me regarde d'un air renfrogné.

— C'est interdit, Cole.

— Il y a autre chose. Elle est au courant pour nous. Si elle sait tout, c'est parce qu'elle a été mordue par un loup pendant la dernière pleine lune.

— *Quel loup ?* demande l'alpha avec un regard furieux.

J'hésite. Dénoncer les autres, ça n'a jamais été mon truc. Mais il a mordu ma petite amie. Et je viens de lui promettre de lui donner tout ce qu'il lui faut. Ça inclut la justice.

— Ben Thomasson.

— Je vois.

Green observe Bailey d'un air indéchiffrable. Les employés du secrétariat, tous des métamorphes, nous regardent avec curiosité.

— Bailey, je suis désolé pour ce que vous avez vécu, que ce soit avec Ben Thomasson ou avec le professeur de ce lycée. J'espère que Cole vous a montré une facette plus positive de Wolf Ridge.

Elle me regarde avec douceur et me serre la main.

— Oui, une tout autre facette.

— Votre mère connaît notre existence ?

Elle sursaute.

— Ma mère. Non. J'étais censée l'appeler.

— Cole vous a fait promettre de garder le secret ?

— Oui, Monsieur.

Sa politesse lui fait marquer des points.

Green ramasse l'un des journaux.

— Vous n'écrirez pas ce genre de révélations sur la meute, n'est-ce pas ?

Bailey secoue la tête.

— Jamais, Monsieur.

— Et vous n'informerez pas votre mère ou d'autres humains de notre existence ?

— Non, Monsieur.

— Merci, Bailey. Nous apprécions votre contribution et celle de votre mère à Wolf Ridge.

Il se tourne vers moi et ajoute :

— Cole, les mensonges et les violations de la loi de la meute ont des conséquences.

— Oui, Monsieur.

— J'attends de toi une honnêteté totale, quelles que soient les circonstances.

Je lève le menton pour lui montrer ma gorge et lui prouver ma soumission.

— Je sais, Monsieur.

— Mais je suis conscient que ta vie familiale est difficile, ces temps-ci. Tu as déjà été assez puni. La meute n'a pas été à la hauteur, avec ta sœur et toi. Il est temps pour nous de faire quelque chose au sujet de ton père.

— Je m'en suis occupé, Monsieur.

— Ah bon ? s'étonne Green en haussant les sourcils.

Bailey tourne ses grands yeux marron vers moi.

— Oui, réponds-je. Je l'ai déposé au supermarché ce matin. Jack Brown lui a donné un travail.

Bailey serre mes doigts dans sa main, sans cesser de me dévisager.

L'Alpha Green hoche la tête.

— Je suis content de l'entendre, Cole. Je suis désolé de n'avoir pas été là pour ta sœur et toi, ces derniers mois.

— Vous étiez là, dis-je, parce que je veux être indulgent, désormais. Et j'accepte vos excuses.

Cela me vaut un sourire réticent de l'alpha, mais nous n'avons pas le temps de poursuivre notre conversation, car le shérif arrive, et Bailey et moi devons faire nos dépositions.

Nous terminons quand la dernière sonnerie retentit. Je sens la tension émaner de Bailey alors que nous sortons parmi la foule d'élèves qui se pressent dans les couloirs.

— Hé, dis-je en passant un bras protecteur autour d'elle pour la serrer contre moi. Désormais, je te soutiens, ma belle. C'est promis.

~

Bailey

Traverser le lycée en étant escortée par le roi de la promo et quarterback star de l'équipe de football est une expérience inédite.

La foule se fend devant nous. Les gens nous admirent. Me sourient. Me parlent.

— Salut, Bailey.

— Salut, Bailey.

— Bonjour, Bailey.

— Bravo, Bailey.

J'ai le droit à des sourires, à des signes et à des tapes dans la main sur tout le trajet. Et chacune de ces petites attentions brise un morceau de ma carapace. Aujourd'hui, je me suis dévoilée au lycée tout entier.

Et on m'a acceptée.

Quand nous atteignons mon casier, je tremble de la tête aux pieds. Pas de peur. D'émotion.

Cole se place derrière moi et me prend par la taille, une main sur mon ventre.

— Tu trembles, Pink, murmure-t-il. Ça va ?

Je hoche la tête et laisse échapper quelques larmes.

— Ça fait du bien de ne pas être ignorée, réponds-je en me tournant vers lui. Apparemment, c'est ce qui se passe quand on est en compagnie du roi des alpha-brutis.

Il secoue la tête.

— Non. C'est toi qui inspires ça. L'article que tu as écrit. Tu as gagné leur respect, et pas grâce à moi.

Il me serre contre son torse et m'embrasse les cheveux.

— Bientôt, je devrai me présenter comme le petit ami de la journaliste.

— Ha.

Je ris contre sa poitrine. C'est tellement agréable, de pouvoir à nouveau le toucher. De sentir sa force et sa solidité. De humer son odeur et de savoir qu'il me soutient. Je mords son muscle pectoral à travers son tee-shirt.

— Hé, proteste-t-il d'un ton amusé en reculant. Je t'ai contaminée, ou quoi ? Tu essayes de me marquer ?

— Je ne sais pas ce que ça veut dire, mais ça a l'air sympa.

Ses yeux passent momentanément au jaune, et il me plaque aux casiers.

— Attention à ce que tu souhaites, petite humaine, me gronde-t-il à l'oreille juste avant de m'attaquer avec sa bouche.

ÉPILOGUE

Cole

Fraîchement douchés et changés, remontés à bloc par l'adrénaline du match, les alpha-brutis sortent en courant des vestiaires et se frayent un chemin à travers la foule qui se trouve sur le parking.

Nous venons de tout défoncer contre Cave Hills. Ce sont nos plus grands rivaux. Pas parce qu'ils sont doués en sport, ou en tout cas, pas en football américain – les riches parents humains ne laissent pas leurs enfants pratiquer ce sport à cause du risque de commotion cérébrale –, mais parce qu'ils viennent de la ville d'à côté et que la leur est beaucoup plus cossue que la nôtre.

Bo passe la foule en revue sur le parking réservé aux visiteurs.

— Qui est-ce que tu cherches ? Miss Je Disparais en Soixante Secondes ?

— Arrête. Ne l'appelle pas comme ça.

— Elle est là ?

Je passe à mon tour la foule en revue, curieux de voir l'humaine qui tient Bo par les couilles.

Quelques instants plus tard, il se fige. Je suis son regard jusqu'à une grande humaine aux longues jambes qui dépasse tous ses camarades d'une tête. Sa stature suffit à la démarquer des autres, mais elle est également très belle, avec de longs cheveux brun-caramel.

— On se retrouve après, bredouille Bo en s'éloignant.

— Mais bien sûr, lancé-je à sa suite.

Mes propres bourses se contractent d'impatience lorsque j'aperçois Bailey dans la foule. Je la retrouve debout près de sa voiture avec Rayne, mais elles ne sont pas seules. Un groupe de filles les entourent, et elles parlent et rient ensemble. Au cours des deux dernières semaines, Bailey s'est intégrée progressivement à la structure sociale de Wolf Ridge. Et par association, Rayne aussi, car Bailey n'est pas du genre à laisser tomber une amie simplement parce qu'elle est devenue plus populaire.

— Bailicieuse, lancé-je en m'approchant d'elle.

Je la prends par la taille et la jette sur mon épaule. Elle éclate de rire et referme les cuisses sur mon torse.

— Arrête de faire le malin.

Je lui mords l'intérieur de la cuisse, et elle se met à mouiller. Son odeur m'arrache un grognement. J'adore la soulever comme une poupée, lui montrer à quel point ma force est supérieure à la sienne. Lui donner une raison de se pâmer devant moi.

Je me donne à fond pour lui prouver que je suis digne d'elle. Et je marque mon territoire à la moindre occasion : je la prends dans mes bras, je la porte, je lui tiens la main, je l'assois sur mes genoux à la cafétéria. Et ça la fait craquer. Elle me regarde avec ses grands yeux bruns comme si j'étais un héros.

J'ai eu une dispute au sujet de Bailey avec mon père. Elle n'a pas duré longtemps après que je lui ai montré mes yeux et mes crocs de loup en lui disant qu'il avait intérêt à la respecter. Avec lui, les choses s'améliorent tranquillement. Il n'a pas bu depuis deux semaines, se rend à des réunions des alcooliques anonymes tous les soirs et travaille au supermarché à plein temps. Il est déprimé et abattu, mais au moins, il n'est pas ivre.

C'est un homme intelligent et compétent. Ou en tout cas, il l'était, avant. Il se reprendra en main.

— Quoi de neuf, Rayne-des-neiges ? dis-je en faisant un check à l'avorton, qui essayait de se faire toute petite. Tu traînes avec nous ce soir ?

— Pourquoi pas.

Elle hausse les épaules, comme si passer du temps avec notre groupe était parfaitement normal et qu'elle ne venait pas de passer de pestiférée à amie des terminales les plus populaires.

— Repose-moi, Cole, proteste Bailey en se tortillant.

Elle se frotte à mes épaules, trop excitée à son goût.

Je la fais tourner et la fais glisser jusqu'à ce que ses jambes entourent ma taille, mon avant-bras coincé sous ses fesses. Elle passe les bras autour de ma nuque et m'embrasse. J'ai envie de la traîner loin d'ici pour être seul avec elle. De l'emmener dans la cabane d'Austin pour la baiser jusqu'à ce qu'elle ne voie plus clair.

Mais elle aime bien ce moment de sociabilité. Et je l'en ai privée pendant bien trop longtemps pour lui refuser une soirée de fête.

Je la fais tourner sur le côté, assise sur ma hanche comme un bébé.

— C'est quoi le plan, Austin ? demandé-je. C'est toi le ministre du divertissement, non ?

Il hausse les épaules.

— La mesa ?

Le même plan que d'habitude, sauf que désormais, tout est différent. À présent, je vois les choses à travers les yeux de Bailey, et tout semble frais et neuf. Tout est teinté d'enthousiasme et d'excitation. Je mordille le cou de Bailey.

— J'ai hâte d'être seul avec toi, lui murmuré-je à l'oreille.

Elle remue contre ma hanche pour y frotter son clitoris.

Je la porte jusqu'à mon pick-up et la plaque à la carrosserie, avant de me tourner pour qu'elle se retrouve de nouveau face à moi. Je colle mon érection à son entrejambe.

— Austin m'a dit que la cabane était pour nous, cette nuit. Sauf si Bo se pointe avec sa voleuse de voiture et qu'on est obligés de se battre pour le territoire.

— Tu gagnerais, ronronne-t-elle. Mais il y a plusieurs chambres.

— Je sais, Pink, mais j'ai beau adorer te plaquer une main sur la bouche quand on baise, j'aime aussi t'entendre crier.

Je recule légèrement les hanches et me frotte à nouveau à elle.

— Et ce soir, ajouté-je, tu vas crier mon nom jusqu'à ce que tu n'aies plus de voix.

Son sourire s'étire sur des millions de kilomètres.

— Tu me le promets ?

Je pousse un grognement, parce que je me demande bien comment je vais faire pour attendre d'être seul avec elle.

— Je te donne ma parole de loup.

CONCLUSION

Vous voulez lire ce qui s'est passé quand Cole s'est glissé par la fenêtre de Bailey ? Une scène bonus est disponible pour ceux inscrits à ma Newsletter. Si vous ne l'êtes pas encore, inscrivez-vous ici : https://www.subscribepage.com/reneerosefr

Merci d'avoir lu ma première « romance de brute ». J'espère qu'elle vous a plu. Si oui, n'hésitez pas à laisser des commentaires. Ils font toute la différence pour les auteurs indépendants.

ELLE AURA UN FAUX PETIT AMI : MOI.
QUE ÇA LUI PLAISE OU NON.
Cette voleuse de voitures aux jambes interminables est synonyme d'emmerdes.

Mon frère a plongé à cause d'elle.

Il faut que je le trouve avant la police.

Et pour ça, je ne dois pas lâcher cette humaine des yeux.

Où qu'elle aille, je la suivrai.

Je me ferai passer pour son petit ami.

Je dormirai dans sa chambre.

Assisterai à ses cours au lycée privé.

L'emmènerai au bal de promo.

J'apprendrai ses secrets, découvrirai ce qu'elle mijote.

Et quand j'en aurai fini avec elle, elle le regrettera.

Regrettera d'avoir mis les pieds dans notre garage.

Regrettera de m'avoir séduit.

Regrettera de m'avoir rencontré.

Chevalier Alpha (Lycée Wolf Ridge Tome 2)

Abonnez-vous à la newsletter de Renee

Abonnez-vous à la newsletter de Renee pour recevoir livre gratuit, des scènes bonus gratuites et pour être averti·e de ses nouvelles parutions !

OUVRAGES DE RENEE ROSE
PARUS EN FRANÇAIS

www.reneeroseromance.com/francaise/

Lycée Wolf Ridge
Brute Alpha
Chevalier Alpha
Alpha par Alliance

Alpha Bad Boys
La Tentation de l'Alpha
Le Danger de l'Alpha
Le Trophée de l'Alpha
Le Défi de l'Alpha
L'Obsession de l'Alpha
L'Amour dans l'ascenseur (Histoire bonus de La Tentation de l'Alpha)
Le Désir de l'Alpha
La Guerre de l'Alpha
La Mission de l'Alpha
Le Fleau de l'Alpha
Le Secret de l'Alpha

La Proie de l'Alpha
Le Sang de l'Alpha
Le Soleil de l'Alpha
La Lune de l'Alpha

Le Ranch des Loups

Brut
Fauve
Féral
Sauvage
Féroce
Impitoyable

Deux Marques

Indomptée (libre)
Tentée
Désirée
Séduite

La Bratva de Chicago

Prélude
Le Directeur
Le Stratège
Possédée
L'Homme de Main
Le Soldat
Le Hacker
Le Bookmaker
Le Nettoyeur
Le Coureur
Le Gardien

Les Nuits de Vegas

Roi de carreau
Atout cœur
Valet de pique
As de cœur
Joker Mortel
Dame de trèfle
Cartes sur Table
Bonne pioche

Série Made Men
Ne m'Aguiche Pas
Ne me Tente Pas
Ne m'Oblige Pas

Série Chicago Sin
Nid de Péché
Ancré dans le Péché

Dompte-Moi
Son Maître Royal
Oui, Docteur
Son Maître Russe
Son Maître Marine
Soumise à leur Punition
Son Maître Pompier

Alpha des montagnes
Le héros: L'homme des montagnes
Rebel
Le guerrier

Maîtres Zandiens
Son Esclave Humaine

Sa Prisonnière Humaine
Le Dressage de Son Humaine
Sa Rebelle Humaine
Sa Vassale Humaine
Son Compagnon et Maître
Animal de Compagnie Zandien
Sa Possession Humaine

Les Épouses Zandiennes
La Nuit des Zandiens
Achetée par les Zandiens
Dominée par les Zandiens

À PROPOS DE RENEE ROSE

RENEE ROSE, AUTEURE DE BEST-SELLERS D'APRÈS USA TODAY, adore les héros alpha dominants qui ne mâchent pas leurs mots ! Elle a vendu plus d'un million d'exemplaires de romans d'amour torrides, plus ou moins coquins (surtout plus). Ses livres ont figuré dans les catégories « Happily Ever After » et « Popsugar » de USA Today. Nommée *Meilleur nouvel auteur érotique* par Eroticon USA en 2013, elle a aussi remporté le prix d'*Auteur favori de science-fiction et d'anthologie* de Spunky and Sassy, et celui de *Meilleur roman historique* de The Romance Reviews. Elle a fait partie de la liste des meilleures ventes de USA Today sept fois avec plusieurs anthologies.

Abonnez-vous à la newsletter de Renee pour recevoir des scènes bonus gratuites et pour être averti·e de ses nouvelles parutions!
https://www.subscribepage.com/reneerosefr